明治あやかし新聞

怠惰な記者の裏稼業

Meiji Ayakashi Shinbun
Satomi Sakura

さとみ桜

目次

イラスト／銀行
デザイン／西村弘美

明治あやかし新聞

怠惰な記者の裏稼業

さとみ桜 Meiji Ayakashi Shinbun ✿ Satomi Sakura

第一話　女の掛け軸の怪

うららかな日差しがやさしく降りそそぐ春の午後。束ね髪に、格子柄が織り込まれた飴色《あめいろ》の着物に花模様の帯を締めた香澄《かすみ》は、いさましく足を踏みならすようにして銀《ぎん》座《ざ》へ向かっていた。手には一枚、新聞紙を握っている。数年前まではよく辻《つじ》で読み売りされていた瓦版《かわらばん》程度の大きさのものだ。

香澄の今日《きょう》の予定に銀座は入っていなかった。では何故《なぜ》向かっているのかといえば、それは今朝《けさ》、同年の幼馴染である桜野《さくらの》の家に行き、彼女の近況を耳にしたからだった。桜野の家に行ったのは、彼女に会うためではない。彼女の母親に、父の着物の仕立てを頼んであったからだ。今日が仕立てあがる日で、着物を受け取りにいくことは事前に伝えてあった。

慶応《けいおう》四年――戊辰《ぼしん》の年に始まった戦で父と兄を亡くした桜野は、二年前、一四歳になった年から呉服店へ奉公に出ている。その給金を彼女は母と幼い妹たちの生活費として仕送りしているらしい。家に残った彼女の母は、幼い娘たちを育てながら細々と仕立ての仕事をしているが、生活は楽ではないようだった。

桜野とは子どものころのように頻繁に会うことはなくなってしまったが、彼女が香澄の大切な友人であることに変わりはない。父の着物を受け取った香澄は上がり框《かまち》に腰をおろし、そんな友の近況を、忙《せわ》しく仕立物を縫う彼女の母に訊《たず》ねた。

「桜野から、たよりはありましたか？」

——と。

元気にしていてくれればそれでいいと思って問いかけた香澄だったが、返ってきた言葉に目を見張ることになった。

「桜野、浅田屋《あさだや》さんにおいゝとまをだされたのよ」

「おいとま⁉」

香澄は腰をあげ、彼女の言葉を繰り返し、はしたなくも叫んだ。おいとまとはつまり、辞めさせられたということだ。

浅田屋は桜野が奉公する呉服店だ。いや、今となってはしていたと言うべきか。最近では洋服もとりあつかい始めて繁盛しているときく。なかなかの大店《おおだな》で給金もよいと、仕事を斡旋《あっせん》する口入屋《くちいれや》でも評判の人気店らしい。おいそれと奉公できる店ではないそうで、店主と顔見知りらしい彼女の伯父《おじ》が口利きをして、なんとか雇ってもらえたのだと聞いたときには香澄も一緒に喜んだものだった。

桜野の母は裁縫の手を止めないまま、娘の近況を話し続ける。

「それで今は不忍池《しのばずのいけ》の近くにある、井筒屋《いづつや》さんってお茶屋さんに奉公しているのよ。上野《うえの》に行くときがあったら、寄ってあげてね」

穏やかに話を終えようとする彼女に、香澄は慌てた。

「待って待って、おば様。どうしておいとまなんて？　桜野はしっかり者で下手《へた》な失敗をするような子じゃないし、だいたいおじ様のご紹介だったのでしょう？　よほどのことがなければ追いだされたりだなんて……」

彼女の身に一体何が起こったのか心配になって訊ねれば、桜野の母親は裁縫の手を止め、困ったように頰《ほお》に手を当てた。

「それがねぇ、なんでも、妖怪《ようかい》の予言のせいだとか……」

思いがけない理由に、香澄はぽかんとして繰り返す。

「妖怪？」

何故そんな本当に存在するかさえわからないようなものが桜野のいとまに関わってくるのか。目をまたたかせる香澄に、桜野の母は事の次第を話し始めた。

江戸の町が名を東京と変えたのは九年前、戊辰の戦の最中、慶応四年夏のことだった。その年の秋には元号が明治と改元され、明治六年には、欧米に合わせて暦も太陽暦に変えられた。それからさらに三年がすぎた現在――つまり明治九年、世の中は欧米化の波にのって浮かれている。

とはいえすべてが変わったわけでもない。銀座のような街の風景には煉瓦《れんが》の建物や歩道、瓦斯灯《ガスとう》が見られるようになったが、そこに住む人々の装いは半数以上がまだ和装だ。街を離れれば、御一新《ごいっしん》前とさほど変わらぬ風景が広がっている。声高《こわだか》に欧米化をうたいながらも、いまだ日本的な――いわゆる古い文化も残っていた。

香澄が握りしめている『小新聞《こしんぶん》』と呼ばれる新聞は、まさに今の時代を象徴している。

『小新聞』とはその名のとおり、小さめの紙に刷られた新聞だ。徳川《とくがわ》時代の瓦版に似ている。庶民に読みやすく、巷《ちまた》の出来事や読み物を中心に書かれた娯楽新聞である。漢字にはすべてふり仮名がふられ、挿絵《さしえ》もあり、知識人でなくとも読めるものだ。新時代の情報誌でありながらも、記事の中には旧時代の遺物になりつつある妖怪変化《へんげ》による眉唾物《まゆつばもの》の怪異な事件なども掲載され、子どもたちや噂《うわさ》好きの女性に人気がある。

小さい新聞があれば、もちろん大きい新聞もある。その『大新聞《おおしんぶん》』は小新聞よりも大きな紙に刷られている。内容も政治や国際情勢などが小難しい漢文口調で書かれていた。読者は男性が多く、特に官吏や学者などに好んで読まれている。

明治三年に横浜毎日新聞《よこはままいにちしんぶん》が日刊の新聞を発行してからというもの、情報に飢えていた人々はこぞって新聞を読むようになり、東京日日新聞《とうきょうにちにちしんぶん》や読売新聞《よみうりしんぶん》など、次々と大小の新聞社が立ちあがった。

明治政府に勤める香澄の父と兄は、もちろん大新聞を読んでいる。そのため香澄が目を通すのも大新聞だった。つまらないと思っていても、わざわざ小新聞を買い求めてまで読むことはなく、だから桜野にかかわるとんでもない記事がその小新聞に載ったことに気づかなかったのだ。

まさかそこに、そんな記事が載っていたなんて。

香澄は銀座の一角、街中ではめずらしくなくなった煉瓦造りのビルの瀟洒《しようしや》な扉を力一杯ひき、道場破りがごとく声を張りあげる。

「たのもぉぉ――うっ！」

手に長刀《なぎなた》でも持っていれば様になっただろうが、香澄が握っているのはあくまでも新聞紙だ。

集まった。

香澄の声に、テーブルを囲んで何やら話し込んでいた洋装や和装の男たちの視線が集まった。

ビルの一階にある広間は、サロンとして開放されているようだった。丸いテーブル席が五席あり、壁際には長椅子がしつらえられている。西洋風の細工の施された窓枠や家具はどれもお洒落《しゃれ》だ。

「…………」

男たちは扉をふり返った姿のまま固まり、闖入者《ちんにゅうしゃ》が言葉を続けるのを待つ。

「この！　浅田屋さんの《件《くだん》》の記事を書いたのは、どなたですか……⁉」

沈黙していた彼らは、同時に壁際へ目を向けた。その視線を追えば、茶色いベストとズボンの洋装をまとった青年が、長椅子の肘《ひじ》掛けから長い足を投げだして寝転がっている。

香澄は大股《おおまた》で長椅子に歩み寄った。帽子で顔を隠した男は、この騒ぎの中いまだうたた寝していたが、香澄はかまわず彼に声をかける。

「日陽《にちよう》新聞社の方ですか？」

「――ああ？」

長椅子に寝そべったまま呼び声に反応した彼は、眠そうに声をあげ、顔の上から帽子をよけた。

　年の頃《ころ》は二十代後半。長めに切った前髪をゆるくかきあげている。吊《つ》り気味の目は眠そうでぼんやりとしているが、全体的に整った顔立ちだ。

　のそりと起きあがった彼は、くいと顎《あご》でサロンの奥を示す。

「新聞社なら二階ですよ」

「ありがとうございます！」

　ぺこりと頭をさげて礼を言い、さっそく二階へ向かおうとする香澄の背中を声が追いかけてくる。

「まぁ、その記事を書いたのは俺《おれ》だけどな」

「あ、そうなんですね！」

　軽く同意した彼女は、二歩踏みだして足を止めた。勢いよくふり返る。

「って、そうなんですか⁉」

「おう」

　眠そうな顔でくしゃりと前髪をかきあげる男を、香澄はきっとにらみつけた。

「私、井上《いのうえ》香澄と申します！　この記事に物申したいことがあって参上しました！」

「へぇ？」

香澄は男の気のない返事に、彼の鼻先に新聞をつきつける。それは散々探し回って見つけた、一月ほど前に日陽新聞社が発行した小新聞だった。

「これ！　これはどういうことなんですか⁉」

香澄はつきつけた新聞に躍る見出しをひとつ指さした。

「どうもこうも、書いてあるとおりじゃないか。読みあげようか？」

口《くち》の端《はし》を歪《ゆが》めて笑った男は、香澄の手から新聞を抜き、彼女が指さしていた記事を音読する。

「田瀬《たせ》村《むら》の百姓家《ひゃくしょうや》の飼い牛、人面牛身の《件》なる獣を産む。《件》は生後三日目に『東京浅田屋呉服は桜を井筒屋方へ植えかえねば、じきに身代《しんだい》をつぶすことになる』と云《い》うと死んだとの話。此《こ》の《件》という獣は先を予言し、《件》の云ったことが間違うことはないと云われている。さて、浅田屋の身代やいかになるらん」

「それです」

すらすらと読みあげられた記事に、香澄はうなずいた。要約すれば、『《件》と呼ばれる、顔は人、身体《からだ》は牛の妖怪が言ったとおり、浅田屋の桜を井筒屋に植え替えなければ、浅田屋はつぶれる』ということだ。

「なんですか、このふざけた記事。今時妖怪だなんて！」

「俺は記事を書いただけだよ、お嬢さん。信じる信じないは、読み手次第さ」

香澄が差し戻された新聞を受け取ると、男は長椅子の背に引っかけた上着から煙草《たばこ》の箱を取りだした。最近よく見かけるようになった輸入物の紙巻き煙草だ。煙管《キセル》よりも便利だが、値段は高いと聞いている。

彼は煙草をくわえると、燐寸《マッチ》をすって火をつけた。燐寸もまだ一般的に広まってはおらず、めずらしいものだ。こちらも安いものではない。

煙を吐いた男は、煙草をはさんだ指先で新聞記事を示す。

「で、そのふざけた記事がどうかしたのかな？」

まるで小さな子どもに問いかけるように訊《き》かれ、香澄は苛立《いらだ》ちを隠さず、強い口調で説明した。

「この記事のせいで、浅田屋さんに奉公していた私の友人がいとまをだされたんです！」

「ほう？　それはまたどうして？」

「浅田屋さんには桜はないからって、桜野って名前だという理由で店を追いだされたんですよ！」

桜野の母から聞いたところによれば、新聞に書かれた《件》の予言どおりに桜を植えかえようにも浅田屋に桜の木はなく、桜に関わるものといえば女中《じょちゅう》の桜野の名前だけだったらしい。それで迷惑千万《せんばん》なことに、彼女は浅田屋を辞めさせられてしまったのだ。

彼の書いた、妖怪の予言などというつまらない新聞記事のせいで。

青年はひょいと眉をあげて煙を吐いた。

「それで、その桜野さんは？」

「井筒屋さんで働いているそうです」

「それなら何も問題はないじゃないか」

青年は罪悪感などこれっぽっちも感じていない様子で煙草をくゆらせている。

けれど同じく予言に名前の出た井筒屋が、彼女を雇ってくれたのは不幸中の幸いだったとしか言えない。もし井筒屋が「自分たちには関わりのないこと」と言えば、彼女は奉公先を失ったかもしれないのだ。そうしていたら、彼女と彼女の稼ぎを頼りに生活している家族は、路頭に迷ってしまったところだった。

「こんな記事を載せて、井筒屋さんが桜野を雇ってくれなかったらどうするつもりだったんですか⁉　だいたい、浅田屋さんのほうが大きなお店で、お給金だってよかったんですよ⁉　井筒屋さんは小さな茶店《ちゃみせ》なんです‼」

「知ってるよ。不忍池にある老夫婦が切り盛りしている美味《おい》しいお茶をだす店だ。安心するといい。あそこは色茶屋じゃない」

色茶屋とは女性が身体を売る店のことだ。頬がかっと熱くなり、香澄は叫ぶように応じる。

「そ、そんな心配をしているんじゃありません！」

嫁入り前の娘になんてことを言うのだ。

熱くなった頬を押さえる香澄に、男はひょいと眉をあげる。

「おや、それなら、ただ給金の心配をしているだけなのかい？　それとも桜野さんとやらが、井筒屋さんの仕事が辛《つら》いと言っているのかな？」

「……え？」

言われてみれば、桜野は奉公先を失ったわけではない。仕事が厳しいかどうかも知らない。現状の問題は、おそらく給金が安くなったことだけだ。いや、店が小さいから給金が安いとは限らない。それさえも香澄の思い込みかもしれない。

だいたい、香澄はまだ桜野に会っていなかった。もしかしたら彼女は今の仕事に満足しているかもしれないのに。彼女の母から奉公先が変わった理由を聞いて、その理不尽さに勝手に怒ってここまでやってきただけだ。

先ほどまでの怒りは急速にしぼみ、声からも力が抜ける。

「だ、だって……桜野のお母様《かあさま》が心配していたから……」

そうは言ってみたものの、桜野の母親もそこまで心配しているようではなかった。

ますますいたたまれなくなっているところに、青年は身を乗りだして追い打ちをかけてくる。

「あんたが、ではなくて？」

「私も！　……心配してます。あの子にはお母様だけじゃなく、妹も二人いるんですから」

青年は煙草をはさんだ手を顎に当て、短く思案する。

「なるほど。桜野さんのご家族の生活が心配なんだな」

このサロンの扉を開けたときには、たしかに桜野の心配をしていた。彼女は妖怪の予言なんて不確かなもののために仕事を辞めさせられたのだから。

けれど彼女は今もちゃんと働いていて――。

一体、何をしにきたのかわからなくなり、香澄はただ小さな声で否定する。

「…………違います」

「それならば、こんなところへ飛び込んでくるよりも、桜野さんを訪ねたほうがいい。

彼女からの文句でしたら、私もお詫《わ》びしましょう」

彼はしごくまっとうなことを言うと、灰皿に煙草を押しつけて立ちあがった。

「それでは、失礼？」

端整な顔に小馬鹿にするような笑みを浮かべると、慇懃《いんぎん》に頭をさげた彼はサロンの奥へ歩いていった。二階にあるという新聞社に戻るのだろう。

煙草の残《のこ》り香《が》の中に立ち尽くしていた香澄は、彼の姿が見えなくなったころ、やっと両手をぎゅっと握った。手の中で新聞紙がぐしゃりと音を立てる。

「な……」

なんなのだ、一体！

青年の小馬鹿にした笑みが脳裏によみがえる。

桜野が奉公先を変わらなくてはならなくなったのは、彼が書いた真偽の不確かな新聞記事が原因であることには違いない。たしかに桜野自身に話も聞かずにきたことは早まったかもしれないけれど、何も香澄の友人を心配する気持ちまで踏みにじることはないではないか。

言い負かされたことが悔しい。

子どものようにあしらわれ、言い返せなかったことも。

「何よ、あの嫌味な笑い方！」

「まぁまぁ、落ち着きなさい、お嬢さん」

ぎりぎりと奥歯をかんで地団駄《じだんだ》を踏んでいた香澄は、横から声をかけられて、怒りのままに声の主をにらみつけた。

「おっと。そんなににらまないでくださいよ」

そう言って両手を挙げ軽くのけぞったのは、短髪の男が大多数を占めるようになったこのご時世、未《いま》だ長く伸ばした黒髪をひとつにまとめ、髑髏《どくろ》と柳の絵が染め抜かれた奇抜な着流しを身にまとった男だった。ひょろりとした長身に色白で、やたら目が細い。

彼は細い目をさらに細めてにこりと笑う。

「あたしは芝浦艶煙《しばうらえんえん》と申します。しがない役者崩れです。先ほどの彼は、日陽新聞社の記者で内藤久馬《ないとうきゅうま》。あたしの友人です」

嫌味な青年の名を教えられ、しかもその友人だと言われ、香澄は思わず眉間《みけん》の皺《しわ》を深めた。しかし艶煙はさほど気にした様子もなく、にこにこと笑っている。

「そんなに怒らないで。可愛《かわい》いお顔が台無しですよ。さあ、お団子でも食べにいきましょう」

唐突なお誘いに毒気を抜かれ、目をまたたかせた香澄はがくりと肩を落とした。あまりに邪気のない彼の様子に盛大な溜息《ためいき》がもれる。

「はぁぁぁ――――っ」

すかした嫌味な新聞記者の次が、得体《えたい》の知れない格好をした胡散《うさん》臭い役者崩れだ。しかも妙に軽薄な。この状況が自業自得《じごうじとく》であると自覚はしているが、ひどい疲労感に襲われている香澄に、艶煙が袖《そで》をふりながら問いかける。

「名前をうかがっても？」

「――香澄です。井上香澄」

何故だか彼に逆らっても意味がないような、そんな気がして、香澄は大人《おとな》しく名を名乗った。父兄は官僚だが、今のところ名のある地位に就いているわけでもなく、隠すほどのものではない。

愉快そうに笑った艶煙が、香澄の背中に手を添えて、サロンの扉を指さした。

「香澄さん。美味しいお団子をおごりますから、ね？　機嫌を直してください」

美味しいお団子は魅力的だが、今さっき出会ったばかりの怪しい男と一緒に食べにいくのはどうかと思う。どんな返事をするべきか考え込んでいる香澄に、艶煙がさらに魅力ある提案をする。

「《件》の記事について、知りたくはありませんか？」

香澄は派手な装いの男を見あげ、彼の表情をうかがった。貼《は》り付けたような笑みからは、彼の考えを知ることはできない。

あの記事に、新聞に書かれていたこと以上の秘密でもあると言うのだろうか。

「――でもあなたはさきほどの方のご友人なのでしょう？」

友人を裏切るつもりなのだろうかと思って問いかけると同時に、久馬の小馬鹿にした笑みを思いだし、眉間に力が入ってしまう。

何故自分の味方をしてくれるのかと疑いの眼差《まなざ》しを向ければ、彼は楽しげに声を立てて笑い、片手を胸元に当てると深くお辞儀をした。

「あなたのようなうら若き女性が、友人のために男の職場へ飛び込んできたことに、感服したのですよ」

「そ、それは……っ」

つまり女らしくないとか、可愛げがないとか、そういう意味なのではないだろうか。

わかっている。そのとおりだ。けれど、いざ言葉にされれば恥ずかしい。自分で言うのもなんだが、なにせ嫁入り前のうら若き乙女《おとめ》なのだから。

「いやぁ、久馬さんも吃驚《びっくり》したんでしょうねぇ。あれで女性に対しては紳士的な男なのに、思わず地をだしてしまうくらいには」

「ぐ……」

何も言い返すことができないまま熱くなった頬を両手で隠そうとした香澄だったが、艶煙に腕をとられ、なかば無理矢理その場から連れだされる。

「さあさあ。久馬さんのことなんて忘れて、行きましょう」

笑う狐面《きつねめん》をかぶっているような男に腕を引かれ、香澄は強引に団子屋に連れていかれることになった。


艶煙が案内してくれたのは、日陽新聞社からしばし歩いた先にある店だった。昔ながらのたたずまいの店先で、緋毛氈《ひもうせん》のかけられた縁台に並んで腰をおろし、香澄は甘辛いみたらし団子を頬張った。

「美味しい」

ふっと眉間から力が抜けた。煙管の吸い口を舐《な》めながら艶煙がのんびりと応じる。

「それはようございました」

彼は煙を吐きつつ、団子を食べる香澄のことを愉快そうに見ている。本当に香澄の怒りをなだめるために、連れてきてくれたのかもしれない。

「落ち着いたら、あんなに怒っていた事情を少し聞かせてください」

艶煙にそう言われ、香澄は口の中のものを呑《の》み込むと縁台に座り直した。日陽新聞社に乗り込むことになった理由を、彼ならちゃんと聞いてくれる気がしたのだ。

「――私の父と桜野さんの父君は、同じ学問所で学び、同じ道場で剣の修行をした仲だったそうです。それで小さなころから私と桜野さんはよく一緒に遊んだりしていたんです。でも桜野さんの父君と兄君は戊辰の戦で亡くなられて、桜野さんは母君と妹君の生活を支えるために、二年前に浅田屋さんへ奉公に出たんです。私と同じ年なのに、桜野さんが背負っているものは多くて、だから桜野さんが家を出るとき、頻繁に会えなくなることは寂しかったですが、よい奉公先が見つかってよかったと思って、笑ってお見送りをしました」

母を支えることができるのだと、彼女は嬉《うれ》しそうに話していた。だからきっと桜野もよい奉公先が見つかったと喜んでいたと思う。

香澄はそのときのことを思いだし、膝《ひざ》の上できゅっと手を組んだ。二年前の、桜のつぼみがほころぶ季節のことだった。

「浅田屋さんは大店で、桜野さんもきっと安心して奉公できると思っていたから、いとまをだされたと聞いて、私、悔しくて……」

桜野の母に話を聞いたとき、香澄はただ悔しかったのだ。失敗をとがめられたわけでもなく、ただつまらない記事が新聞に掲載され、それに当てはまるのが偶然桜野しかいなかったという理由で彼女が辞めさせられたことが。

目頭が痛み、涙がにじむ。たとえ次の仕事が決まっていたとしても、桜野だって悔しかったのではないだろうか。

「それでいてもたってもいられずに、新聞社に乗り込んできたというわけですか」

艶煙の言葉に、香澄は黙ってうなずいた。涙がこぼれないように目を見張り、唇をかみしめる。

ただ悔しくて、その記事を探して、まっすぐに新聞社へ向かった。記事を書いた記者を捜し当てて、責めたかった。他に悔しさの持っていき先がなかったのだ。

それなのに、よけいに悔しい思いをすることになってしまった。あの、内藤久馬という嫌味な記者のせいで。

悔しさが怒りにとって代わった。涙が引っ込んで腹が立ってくる。

自分もたいがい礼儀知らずだったとは思う。けれどあの対応もひどかった。

膝の上で拳《こぶし》をふるわせていると、艶煙がふいに問いかけてくる。

「あなたは、ご家族は？」

「私は、父と兄がいます。母は子どものころに亡くなりました。父は内務省に勤めています。兄も父の伝手《つて》で文部省に」

「それはそれは」

　艶煙はひょいと眉をあげた。香澄に自覚はあまりないが、家族が政府に勤めているというのは、大金持ちのお嬢様ではないにしろ、さほど悪い家柄ではないらしい。それにしては、香澄は男勝りに育ってしまったのだが。

「父は月に数度、書道の師範をしているので、私はその手伝いをしています。父は奥《おく》右筆《ゆうひつ》を務めていましたから、達筆なんです」

　奥右筆というのは江戸城《えどじょう》で機密文書を作成し管理する役職だ。城でも大きな権力を持っていたと聞く。そのため、新政府からも声がかかったのだった。もちろんそれだけでなく、能力を買われてのことだとは思うが。

「おや、それでは生粋《きっすい》のお嬢様ではないですか」

「礼儀作法のなっていない、とおっしゃりたいのでしょうね」

「はい。いえいえ」

　深々とうなずいて香澄の言葉を認めた艶煙は、何事もなかったかのように首を左右にふって否定した。本音がまったく隠せていない。

「元気があってよいことです」

言い訳のように付け足した艶煙は、煙管の灰を灰吹きに落とした。そしてふと視線をめぐらせると、店に近づいてくる和装の男に向かって手をあげる。

「あ、こっちです」

「……？」

香澄は艶煙の知り合いらしい男に目を向けた。

三十代前半くらいの男性で、青磁色《せいじいろ》の着物と羽織を身にまとっている。彼は艶煙を見つけると、表情を和らげて歩み寄ってきたが、その隣に腰をおろしている香澄を見て少しばかり怪訝《けげん》そうに首をかしげた。

しかし艶煙が、彼が口を開く前にそつなく説明する。

「こちらはあたしの弟子《でし》で、香澄さんです。こちらは浅田屋の番頭《ばんとう》の三田《みた》吉蔵《きちぞう》さん」

「え、あ、浅……？」

艶煙の弟子だと紹介されたことよりも、浅田屋の名が出たことに驚いた香澄は、彼をまじまじと見つめた。

番頭とは奉公人をまとめる長のことだ。大店の番頭になるくらいなので、きっと頭の切れる男なのだろう。

「吉蔵と申します」

「か、香澄です」

艶煙の意図はわからないが、弟子だと紹介されたので、無難に名前だけ名乗っておく。吉蔵は団子屋の娘に茶を頼むと、艶煙にすすめられて彼の隣に座った。

艶煙は煙管に煙草を詰めながら吉蔵に訊ねる。

「その後、浅田屋さんはいかがですか？」

「今のところはこれといって変わりはありません。桜野がいなくなったことで、少々主人の機嫌が悪いくらいです」

吉蔵の口から桜野の名が出て、香澄はまたもや驚いた。しかし口を開こうとした彼女の前に、艶煙がひょいと煙管を差しだした。口をはさむなという意味だろうか。

それに目を取られているうちに艶煙が話を続ける。

「次の被害者はまだ？」

「今のところ、好みの娘はいないようです。まぁ、十代の娘はもういませんからね」

「困ったものですねぇ。旦那《だんな》さんにも同じ年ごろの娘さんがいらっしゃるのでしょう？」

艶煙があきれたように言って煙を吐いた。

香澄は質問したい気持ちを我慢し、けれどうずうずと身を乗りだして二人の会話に耳を傾ける。

「桜野は井筒屋さんで元気に働いております。これもあなた方のおかげですよ」

香澄は彼の言葉にはっと息を呑み、慌てて口元を押さえた。吉蔵は桜野の現状を知っているのだ。しかもそれを艶煙たちのおかげと言った。

艶煙は変わらぬ笑みで、謙遜《けんそん》するように手をふる。

「あたしたちは、たいしたことはしておりません」

「いえ。あのまま浅田屋に置いていては、どうなっていたことか」

「吉蔵さんも、一安心ですな」

「まぁ……」

吉蔵が少々照れたように頬をかく。艶煙は煙管の煙をくゆらせながら、彼をからかうように横目で見た。

「いずれは自分の店を持って、桜野さんを迎えに行くのでしょう？」

「ええ、その。はい」

「いっそ、井筒屋さんの養子になられてはどうですか」

「いやいや」

汗をかいてもいないのに、吉蔵は手で顔を拭《ぬぐ》い、しきりと照れている。

香澄も年頃の娘だ。この話の流れで吉蔵と桜野の関係がわからないはずもない。

彼女は艶煙の陰からひょこりと顔をだし、吉蔵に問いかける。

「えっと、あの、吉蔵さんは桜野……さんと、その……」

恋人同士なのかと正面から問いかける勇気はなく、香澄が濁した言葉を艶煙が継ぐ。

「恋仲なのですよ。ね？」

「はい、所帯を持とうと約束をしていまして」

どうやら香澄の知らないところで、桜野は一足早くいい人を見つけていたらしい。

それをうらやむ気持ちは……まったくないとは言えないけれど、幼馴染が幸せになってくれるなら喜ばしいことだと思う。

けれどこれまでの話を聞いてきたところによると、どうやら桜野の奉公先が浅田屋から井筒屋にかわったのは、『艶煙たちのおかげ』であり、それによって恋人である吉蔵は『一安心』だというのだ。そして桜野以降『被害者』はなく、主人の『好みの娘はいない』。

これは仕組まれたことであったのだと、さすがに香澄にもわかってきた。

艶煙が細く煙を吐き、あきれたように話し始める。

「浅田屋さんのご主人はね、それはそれは女性が好きなんです。特に若い娘さんがね。気に入った女中に手をだすのもしょっちゅうだって話なんですけど、今回目をつけられたのが桜野さんだったわけです」

「え……！」

思わず香澄は声をあげた。まさか彼女の身にそんな危険が迫っていたとは思いもしなかった。焦って問いかける。

「そ、それで、えっと、桜野さんは……？」

「貞操の危機の前に、吉蔵さんがあたしたちに相談してきましたから、ご心配なく」

香澄は心底ほっとした。彼女の恋人が吉蔵のような、それなりに立場のある人でよかった。

「お妾《めかけ》になるように言い寄られたり脅《おど》されたりしていたようですけれどね」

「脅すって、そんな……！」

香澄が憤《いきどお》っているにもかかわらず、吉蔵がふっと思いだし笑いをもらした。

「あの新聞記事の脅し効果は絶大でしたよ。旦那様は迷信深いところがおありだとは思っていましたが、まさかあそこまでとは。すっかり予言を信じてしまって、身代がつぶれるのは困ると慌てて、私がすすめる間もなく、桜野を井筒屋さんに奉公させる手はずをととのえてくださいました」

「女中など、代わりのきくものですしねぇ。桜野さんがいなくなればなったで、また別の若い女性を雇えばいいわけですから」

「本当に困ったものです。あれさえなければ、悪い方ではないのですが」

「ははは」

艶煙は楽しげに声を立てて笑い、煙管の灰を吹いた。そして吉蔵の顔をのぞき込む。

「それで、今日は報告だけというわけではないのでしょう？」

「はい。実はもうひとつお願いしたいことがありまして……」

吉蔵は何やら思案げな表情を浮かべて口を開いた。

「旦那様のあの女癖の悪さを、こらしめてやりたいのです」


昼時をすぎた定食屋に移動した香澄は、衝立《ついたて》で仕切られた座敷席の向かいに座る艶煙と、彼と待ち合わせをしていたらしい久馬を交互ににらみつけた。

「どういうことなんですか？」

香澄の問いかけに、艶煙がのんびりと煙管を吸ってから答える。

「どうもこうもありません。新聞記事は桜野さんの奉公先を変えるために我々がでっちあげたものだったってことですよ」

「俺たちはあんたの友人である桜野さんと吉蔵さんに依頼されて、後腐れなく彼女の奉公先を変えてやったのさ」

こちらは仏頂面《ぶっちょうづら》で、久馬が続けた。どうやらこの場に香澄がいることが——いや、艶煙が吉蔵と会うのに香澄を連れていったことも気に入らないようだった。

むっつりとして煙草を呑む久馬の代わりに、艶煙が説明する。

「浅田屋さんへの奉公は、伯父上の口利きだったそうで、なかなか辞めたいとも言いだせず、かといってそのまま留《とど》まっていれば貞操の危機。おかしな噂でも流されたら次の仕事も見つけられない。どうにかして穏便に奉公先を変えたい——と、お願いされたのです。それで、いもしない《件》に悪者になってもらったというわけですよ」

簡単に言えば、新聞を読んだ多くの人たちと同じように、香澄も騙《だま》されたのだ。つまり彼らは嘘《うそ》をついて人を騙す——詐欺師《さぎし》だ。

「どうして教えてくれなかったんですか⁉」

桜野の事情はさきほど吉蔵との会話から察していたが、それならばそれで、新聞社のサロンでの久馬の態度がより腹立たしく思える。

身を乗りだして訴えれば、久馬は目をすがめて鼻先で笑った。

「裏稼業についてぺらぺら話すわけないだろ。馬鹿か？」

「馬鹿はないでしょ！」

「じゃあ阿呆《あほう》か？」

「そういう意味じゃありません！」

久馬がうるさそうに耳を押さえて顔をそらした。彼の一体どこに紳士らしさがあるのかと、艶煙を揺さぶって問いただしたい。それとも彼に紳士的になることを放棄させるほど、自分は女性らしくないということなのか。

そうかもしれない。

香澄が口をつぐむと、久馬は煙草の灰を落としてから、改めて口を開く。

「とにかく、あんたが俺に怒るのはお門違いというわけだ。これは桜野さんも納得ずくのことなんだからな。ちょうど井筒屋は看板娘を欲しがっていた。桜野さんは嫁入りまでという約束で雇ってもらえるように頼んである。そのころには小さい妹とやらも働ける年齢になるだろう？　井筒屋はいい働き口さ。子を亡くしてるってんで、桜野さんの家族みんなで越してきてくれてもかまわないと言ってくれているくらいのな。

これだけ知って、それでも怒りが収まらないというなら、おまえに黙っていた桜野さんを責めることだ」

「さ、詐欺師のくせに……」

「それがどうした。残念ながら俺は、罪悪感などこれっぽっちも感じていないぜ」

きゅっと唇を嚙《か》んだ香澄のことなど気にもかけず、久馬と艶煙は彼女の向かいで言い合いを始める。

「で、艶煙。どうしてこの小娘を関わらせた？」

「協力者に若い娘さんがいると、華やかでいいかと思って」

艶煙の言葉に香澄ははっとして顔をあげた。

「俺を怒らせたいんだな？」

「違いますよぅ」

不満そうな久馬に襟《えり》をつかまれた艶煙が、唇を尖《とが》らせて身をくねらせる。香澄は目をまたたき、彼の言葉を繰り返した。

「――協力者？」

「ほら、香澄さんは、友人思いの優しいお嬢さんですし、若いお嬢さんにしては行動力がおありですから、きっと役立ってくれますよ」

艶煙は両手を挙げて久馬をなだめようとしているようだが、彼の表情は変わらない。

「無鉄砲の間違いじゃないのか？　迷惑をかけられるのはごめんだぞ」

久馬に疑いの眼差しを向けられ、香澄は彼の小馬鹿にした笑みを思いだした。あのときの怒りが腹の底から湧《わ》きあがってくる。

これは、この男を見返す絶好の機会ではないだろうか。

「なんだかよくわかりませんけど！　そんなに言うなら役に立ってみせます！」

それが詐欺の片棒を担ぐことだとわかっていたのに、香澄は何をしなければいけないのか訊きもせず、身を乗りだして宣言した。久馬はあきれたように艶煙を見る。

「やっぱりただの無鉄砲じゃないか」

「若いうちはこれくらいじゃないといけませんよ」

年寄りじみたことを言った艶煙は、久馬が離した襟を直しながら香澄に向き直る。

「それでは香澄さん。さっそく次の仕掛けからお願いします」

「はい！」

艶煙の言葉に、香澄は力一杯うなずいた。

日本橋《にほんばし》は江戸のころと変わらず人通りが多くにぎわっている。

香澄は地味な着物とかんざし姿で、風呂敷《ふろしき》包みを抱えて浅田屋の前に立っていた。風呂敷には掛け軸が一幅《いっぷく》包んである。役どころは父を亡くした貧乏士族《しぞく》の娘だ。金に困って掛け軸を売りに来たという設定である。

元々は久馬が売り込みに行く予定だったらしいが、彼の描いた筋書きの役割を、艶煙が書き換えさせたのだ。いわく、若い娘のほうが浅田屋源助《げんすけ》も興味を惹《ひ》かれるだろうし、何より久馬は大根役者だからできるだけ芝居に関わらせたくないらしい。

浅田屋は江戸一番の呉服店であった三井越後屋《みついえちごや》ほどの大店ではないが、それでも庶民には入りづらい店構えだった。出入りする客も身なりがいい。貧乏人がおいそれと入れる店ではないのだ。

しかしためらっていても仕方がない。香澄は思い切って暖簾《のれん》をくぐった。するとさっそく手代《てだい》が声をかけてくる。

「いらっしゃいませ。今日はどのようなご用件で？」

お世辞にも身なりがいいとはいえない香澄を、対応に出てきた若者は無遠慮にじろじろと見た。仕方がないとわかっていてもいやな気分を味わいながら、艶煙に言われたとおりの言葉を伝える。

「旦那様にお目にかかりたいのですが」

「どのような御用で？」

「あの、こちらの旦那様は、掛け軸がお好きだとうかがいました。ぜひ見ていただきたいものがあるんです」

「——少々お待ちください」

手代は、香澄が抱えている風呂敷包みへちらりと目を向けてから奥に消えた。

ほっと一息ついて、香澄は店内を見渡す。かつて呉服店といえば、反物《たんもの》を売り、それを仕立てて客に渡す商売だった。広々とした畳敷きの店の壁一面にしつらえられた棚に反物が並び、梁《はり》からは見本の着物がさげられている。香澄自身も呉服店で胸に反物を当てて、気に入りの生地を探したことがあった。

しかし昨今、洋服を着る者も現れ、呉服店も変わり始めている。欧米から輸入されたレースやドレスも並び、以前よりも店内が華やいで見えた。香澄も洋装に憧《あこが》れてはいるが、残念ながらまだ袖を通したことはない。

「掛け軸を持ってきたというのはおまえさんかね？」

繊細なレースをうっとりとながめていた香澄は、声をかけられてそちらへ目を向けた。やってきたのは五十絡みの男性だった。浅田屋の主人、源助だ。

洋服をあつかっていてもさすが呉服店の看板を背負っていると言うべきか、上等な和服を身にまとっている。彼はにこやかな笑みを浮かべていたが、香澄の頭からつま先まで視線を往復させ、品定めすることは忘れなかった。

その眼差しに気づかなかったふりで、香澄は手はずどおり、彼に掛け軸を売り込む。

「はい。これなのですが……」

風呂敷包みをとき、座敷に膝をついた源助の前に掛け軸を広げた。

そこにはほっそりとした女性の後ろ姿が描かれていた。菊花が華やかな着物を身にまとった彼女の、かすかにふり返った美しい顔には、どこか憂いを帯びたほほえみが浮かんでいる。軽く伏せられた眼差しは足下に咲く花に向けられていた。

「おや、美しい女性だね」

香澄の役目はこの掛け軸を彼に売りつけることだ。香澄は勇気をだして、源助に話し続ける。

「あの、これを買ってはいただけませんか？　父が亡くなって、生活が苦しくて……その……」

憐《あわ》れみを誘うようにうつむき弱々しく訴える。他人の同情を誘うような仕草などこれまでにしたこともなかったが、久馬を見返すためならばいくらでも演じてやろうと思っていた。

「それは大変だね」

香澄の熱演に心を揺さぶられたのか、源助は気の毒そうに目を細めてうなずいた。

「いくら欲しいんだい？」

「十円です」

「十円か……」

たしかに美しい画《え》だ。しかしその価値が十円もするものなのか、香澄には判断できない。香澄の父や兄の給金ならばたやすく買えるが、一般的に十円が高額であることくらいはわかっている。この金額には久馬も渋い顔をしていた。どうやら新聞記者である彼の二ヶ月分の給金に相当するらしかった。

考え込んでいる源助が答えをだすのを待っていると、客の間を縫うように洋装の女性が近づいてきた。首元にレースをあしらい、足首まで丈のあるスカートの赤いドレスが人目をひく。しかし彼女はそのドレスに負けないくらい、はっきりとした顔立ちの、美しい女性だった。

「どうされたのですか？」

「お多恵《たえ》」

どうやらお内儀《ないぎ》らしい彼女は、夫の隣に膝をついた。

「こちらのお嬢さんが、この掛け軸を十円で買って欲しいと言ってね」

迷っている源助の言葉に、彼女は穏やかな眼差しを掛け軸へ向ける。しばしの間じっと見つめて口を開いた。

「綺麗《きれい》な画ではありませんか。買ってさしあげたら？」

「だがね、十円だよ？」

金をだししぶっている様子の源助を見て香澄は焦った。何がなんでも買ってもらわなければ困るのだ。まさかすごすご久馬たちの元へ持ってかえるわけにはいかない。だいたい、そんなことになっては、また久馬に何を言われることやら。

「そうだな。お嬢さんがうちの店で働いてくれるというなら、買ってあげてもいいが」

「え……」

思いがけない提案に、香澄はぎくりとした。何せ彼は、若い娘が大好きだというのだ。まさかさっそく目をつけられたのだろうか。

「実は先だって、住み込みの女中が一人辞めてしまってね。奥の手が足りないそうなんだよ」

彼は妻へ確認するように目を向けた。

辞めたのではなく、辞めさせたくせに、と喉《のど》まで出かかった言葉を香澄は呑み込む。

もしここで断れば、彼は掛け軸を買ってくれないかもしれない。

けれど自ら貞操を危機にさらすなど、嫁入り前の娘がすることではない。それくらいわかっている。わかっているが……。

「三月ばかりは少ない給金で働いてもらって、その先は他の女中と同じように支払うということで、どうだい？」

源助にそう訊かれて、香澄は迷った。うなずけば掛け軸は買ってもらえるのだ。少なくとも、久馬に馬鹿にされることはない。

「旦那様、そんなに急に答えはだせないでしょう。また後日でも……」

多恵にそう口添えされ、源助が「それもそうか」とうなずきそうになる。それを見て香澄は慌てた。とっさに、

「それでお願いします！　働き口も探していたんです！」

と、彼の提案を呑んでしまった。

一度口から出た言葉をなかったことにはできない。

源助の表情が明るくなる。

「そうか！　それはよかった。助かるよ」

嬉しそうな彼の笑顔は女中を見つけられた喜びによるものだと、素直に受け止めていいのだろうか。

晴れて掛け軸を源助に売りつけることに成功したが、香澄は引きつった笑みを浮かべることしかできなかった。


無事役目を果たし、十円を持って約束の小料理屋へ向かった香澄は、合流した久馬と艶煙に事の次第を伝えた。話を聞き終えた艶煙は、くっくと喉をふるわせて笑い、久馬は額を押さえ、大きく溜息をついた。

そして、

「おまえって、やっぱり馬鹿なのか？」

と、しみじみとつぶやいた。

「な、なんでですか……！」

「馬鹿だと思っていたが、本物の馬鹿だったんだな。誰《だれ》が女中奉公をしろと言った？俺たちは掛け軸を売ってこいと言ったよな？」

「と、とにかく掛け軸を買ってもらわないといけないと思って……」

もごもごと言い訳した香澄に、もう一度深く溜息をついた久馬が、音を立てて卓を叩《たた》く。

「だからってな！　浅田屋の主人の女好きも、これまで何人も泣かされてきたことも知っていて、そのうえで奉公しようとか、馬鹿以外、なんて言えばいいんだ？　大馬鹿か？」

「………っ！」

ぐっと言葉に詰まった香澄は、悔しまぎれに子どものような反論をする。

「ば、馬鹿とか、言うほうが馬鹿なんですからね！」

「なんだと⁉」

大人げなく反応して腰をあげかけた久馬と香澄の間で、艶煙が両手を挙げた。

「まぁまぁ、二人とも落ち着いて」

その仲裁に香澄は唇をとがらせ、久馬は鼻を鳴らし、ひとまず口を閉じる。努力を認めてもらえずにむくれる香澄に、艶煙は目を細めて笑った。

「香澄さん。これでも久馬さんはあなたのことを心配しているんですよ」

「え……？」

想像もしていなかった言葉に、香澄は驚いて久馬を見た。すると彼はばつが悪そうに視線をそらして短く吐き捨てる。

「よけいなことを言うな」

どうやら本当に、香澄の身を案じてくれていたようだ。それならばそれで、もっと言い方があるだろうとは思ったが、ここは大人しく折れることにする。

「あ……りがとうございます。ごめんなさい」

実際は香澄自身も女中奉公を決めたことは早まったと思っているのだ。浅田屋のお内儀が「また後日」と言ってくれたのだから、一度相談しに戻ってくるべきだった。

「とにかく、奉公すると約束してしまったのですから、仕方がありません。香澄さんは全力で浅田屋のご主人から逃げてください。あたしたちもできるだけ早く仕掛けをすすめます。とっとと終わらせて辞めさせてあげますよ」

「はい！」

香澄はこれでもかとばかりに深くうなずく。

「まあ、この跳ねっ返りだ。浅田屋のほうから願い下げかもしれないけどな」

「な……んですって！」

またよけいなことを言ってくれる久馬に、香澄は卓に身を乗りだしかける。

「ほら、久馬さん。香澄さんが可愛いからって、からかっちゃいけませんよ」

ふたたび喧嘩《けんか》になりそうになったところに、艶煙が愉快そうに割って入った。

「とにかく香澄さん。お父上にちゃんと許可をもらってくるんですよ」

「う。はい。わかりました」

「おまえのような娘を持ったお父上は、それはそれは苦労人なのだろうな」

香澄はぎろりと久馬をにらみ、けれど今度は何も言わずに、「ふん！」と彼から顔を背けた。


その晩、香澄は早速浅田屋へ戻ることになった。

父に、桜野が奉公していた店を手伝いに行くと言ったところ、放任主義の彼に反対されることはなかった。むしろよい社会勉強だと思っているようだった。

明治となって世の中が変わったとはいえ、娘はよい家へ嫁ぐことこそ大事とする家長が多いというのに、娘に社会勉強を勧める彼は香澄から見ても変わり者である。女中仕事はもちろん、嫁入り修業のひとつではあるのだけれど。

さておき、浅田屋の敷居をまたぎ、案内された女中部屋で荷物を片付けていた香澄は、今日から住み込みの仲間になるのだろう四十歳ほどの女性に小声で話しかけられて顔をあげた。

「あんたが新しい子かい？」

「はい。香澄です。よろしくお願いします」

正座をし、ぺこりと頭をさげて挨拶《あいさつ》すると、彼女はじりじりと近づいてきて、さらに声をひそめる。

「いくつなの？」

「一六です」

彼女は意味ありげにじろじろと香澄を見た。今日はそんなふうに観察されてばかりいるような気がする。

「そうだろうねぇ」

「あの？」

もっともらしくうなずく女に、香澄は先をうながした。すると彼女は膝ですり寄り、なおいっそう小さな声で香澄に耳打ちする。

「うちの旦那様は若い子がお好きだから、気をつけなよ」

耳をそばだてていたのか、部屋にいた別の女性も心配そうに話に加わってくる。

「あんた の前に辞めた子もねぇ、旦那様にちょっかいだされて困ってたから」

「は……あ」

香澄は少々怖《お》じ気《け》づいた。浅田屋の主人の女好きは、この店の奉公人で知らない者はいないようだ。

——これは、そうとうなんじゃないの？

香澄は乾いた笑みを浮かべ、久馬を見返すためとはいえ、自ら貞操を危機にさらすことになった己の軽率さを呪《のろ》った。

しかし、後の祭りだった。


翌朝からさっそく女中の仕事を始めた香澄は、無事に三日目の朝を迎えていた。

「じゃあ、今朝はまず、廊下のふき掃除をお願いね」

「はい」

亡き母に代わり家事を引き受けていたので、三日目ともなると要領がつかめてきて仕事も楽しくなっている。幸いこれまで主人と一対一で顔を合わせる状況には陥っていない。案外、年齢以外は好みではなかったのかもしれないと、嬉しいような嬉しくないようなことを考える。

ぞうきんを絞り、廊下をふきながら移動していき、一息ついて顔をあげた香澄は、障子《しょうじ》の開いた部屋の床の間に飾られている掛け軸に気づいた。

画の中でふり返る女性と目が合う。

「あ、この掛け軸……」

香澄の持ってきた見返り美人の画だ。誰の筆か知らないが、やはり美しい女性だ。

――と、そう思ったのだが、何か違和感を覚える。

「あれ？」

「どうかしたのかね？」

掃除の手を止めて掛け軸を見つめていた香澄は、突然かけられた声に驚いて、肩を跳ねさせた。声の主は浅田屋の主人、源助だ。

「旦那様……！」

慌てて居住まいを正してちらりと見あげれば、彼は怒っているわけではないようで、にこやかな表情を浮かべていた。仕事を怠けていたわけではないが、言い訳をする。

「えっと……。あの掛け軸ですけれど、飾られている部屋のせいか、少し印象が違って見えるなって思って」

「そうかい？」

じっと掛け軸を見つめた源助が、とたんに黙り込んだ。画に目を向けたまま硬直している。見あげたその頬は強《こわ》ばっているようにも見えた。

まるで幽霊でも見たかのようだ。

「………」

彫刻のようにぴくりとも動かない主人に戸惑いながら、香澄は控えめに声をかける。

「あの、どうか？」

すると彼は慌てた様子で首をふり、後じさった。その顔は青ざめている。

床の間に、彼は一体何を見たのだろうか。香澄には例の掛け軸と、飾られた花しか見えない。

「い、いや。なんでもないよ。それより、困っていることなどはないかい？」

とりつくろうような笑顔を見せた彼を不審に思いつつ、香澄はうなずいた。

「はい。みなさん親切にしてくださいます」

「そうか。困ったことがあったらいつでも相談に乗るからね」

「は、はい。お願いします」

親切でやさしい言葉に、彼が若い娘を好んでいることを思いだしてわずかにうろたえる。

香澄にできるのは、自分が彼の好みでないのを願うことだけだった。


源助があの掛け軸に何を見たのかわからないまま、さらに五日が経過した。久馬たちからの報《しら》せはとくにない。彼らが依頼をこなした後、香澄の女中奉公も終わる予定なのだが、あまり連絡がないと忘れられているのではないかと心配になってくる。

そんなことを考えながら炊事場で昼食の片付けをしていた香澄は、多恵に声をかけられた。

「香澄さん。おつかいに行ってくれるかしら」

「はい、かしこまりました」

今日は濃緑のドレスを身にまとっている彼女の頼みにうなずいて、濡《ぬ》れた手を前掛けでぬぐう。

「桔梗《ききょう》屋さんへ行って、お菓子を受け取ってきて欲しいの。『浅田屋のいつものお菓子』と言えば通じるから」

彼女は札入れから取りだした小銭を香澄に渡し、そっと耳打ちする。

「あまったお金でお団子でも食べていらっしゃい」

「ありがとうございます」

思わず香澄の口元もほころんだ。そういったやさしさで、彼女は女中たちから好かれているのだ。

出かけるために袖のたすき掛けをとく香澄へ、彼女は嬉しそうに話し続ける。

「あなたが持ってきたあの掛け軸だけれど、旦那様はとても気に入られたみたいで、毎日ながめてらっしゃるのよ」

香澄は先日見かけた主人の様子を思いだし、心の中で首をかしげた。あのときの彼は、怯《おび》えていたようにも見えたのだが。

けれどお内儀が嬉しそうに言うのであれば、それに水をさすこともない。

「それならよかったです」

先日見た源助の姿について触れることなく、香澄はただうなずいた。

浅田屋を出て桔梗屋で菓子を受け取った香澄は、以前艶煙に連れていってもらった団子屋へ向かった。お茶とみたらし団子を注文し、通りをながめながら縁台に腰をおろす。出てきた団子を早速口に運べば、口中にじんわりと甘みが広がった。やはり美味しいお団子だ。この店を教えてもらったことだけでも、今回、新聞社に乗り込んだ価値があったかもしれない。

団子を頬張って、甘辛いタレをしみじみと味わってから、香澄は出がけの多恵の言葉に記憶をはせた。そしてぽつりと独りごちる。

「そんなに気に入っているようにも見えなかったのになぁ……」

「おや、なんの話ですか？」

「うひゃぁ！」

突然、聞き覚えのある声に話しかけられて、香澄は驚いてふり返った。誰もいないと思っていた後ろの縁台に、いつの間にか艶煙と久馬が座り、それぞれ煙管と紙巻き煙草をくゆらせている。二人の間には茶と団子の皿が並んでいた。

「え、え、艶煙さん、と、久馬さん……」

「はい。艶煙です」

にこりと笑って答えた艶煙が、細く煙を吐く。久馬は何やら不機嫌そうだ。いや、嫌味な笑顔以外そんな表情しか見たことがないので、それがいつもの彼の顔なのかもしれない。

「何してるんですか？」

「何って……お団子食べてます」

艶煙は食べかけの串《くし》を手にして香澄に見せる。食べ終わった串が皿に数本載っているところを見ると、どうやら香澄が来てからそれほど遅れず、彼らもやってきていたようだ。まったく気づかない香澄をおもしろがって、声をかけずにいたのだろうか。なんて人が悪い、と思っていると、艶煙がはっと目を見張った。

「久馬さん！　あたしの団子まで食べないでくださいよぅ！」

「ちんたらしてるから、食わないのかと」

もぐもぐと団子を食べる久馬の隣から取りあげた皿を、艶煙は彼とは反対側に移動させた。

「まったく、甘いものに目がないんですから。油断も隙《すき》もありませんよ」

「…………」

二人して黙々と団子を咀嚼《そしゃく》する姿を見つめ、香澄はぎりぎりと奥歯をかんだ。

香澄を働かせておいて自分たちは団子とお茶で休憩とは、いいご身分である。いやもちろん、これはすべて香澄の自業自得なのであるが。

それにしても暇そうである。彼らは日頃、ちゃんと働いているのだろうか。

「お暇そうですね！」

「いえいえ、それほどでも」

香澄の嫌味は欠片《かけら》も通じなかったようだ。久馬はといえば遠ざかった艶煙の皿を恨めしげに見ながら、食べ終わった串を自分の皿に戻している。香澄の言葉を聞いてさえいない。

むくれながらも、彼らと向かい合うように移動して座り直した香澄に、艶煙が問いかける。

「女中のお仕事はどうですか？」

「何か失敗してるんじゃないのか？」

「してませんよ！」

久馬のよけいな質問をまず否定してから、香澄は艶煙に答える。

「みなさんいい方ですし、楽しいです」

「旦那さんは？」

「気をつけなさいって言われましたけど、とくには」

「好みじゃなかったんじゃないか？　よかったな」

「ええ、本当に！」

わざと香澄を怒らせているとしか思えない久馬の言葉に、あえて力強く同意する。

ここでムキになってからかわれるのはごめんだ。どうして彼はいちいち絡んでくるのだろうか。出会い方からしてよくなかったのだとは思うけれど。

「まああ、落ち着いて、香澄さん。こんなこと言ってますけど、久馬さんってばあなたのことを心配して、あなたを『できるだけ一人にしないでくれ』って吉蔵さんに頼んでましたよ」

香澄が久馬を見ると、彼は舌打ちをして顔を背けた。

思い返してみれば、今朝方まで一度も主人と二人きりになる状況にはならなかった。

「だから、よけいなことを言うな、艶煙」

照れているのかどうなのか、ぐりぐりと煙草の火を消す久馬は香澄を見ない。その様子からすると、艶煙の言葉は本当のようだ。あれは偶然ではなく、久馬の計らいだったのか。

怒りを静めた香澄は、あらためて気がかりについて訊ねる。

「それよりも、ちゃんと依頼はすすめてるんですか？　いつ終わりそうなんです？」

まさかこのまま掛け軸の借金を返すまで働かなければならないのだろうかと心配になり、言質《げんち》が欲しかったのだ。しかし、

「花嫁修業だと思って頑張ってください」

艶煙はあえて期日を口にせず、にこりと笑って誤魔化そうとする。

「いつまで浅田屋にいればいいのかって訊いてるんですけど」

誤魔化されはしないぞとばかりに追及すると、久馬があきれたように口を開く。

「自分で女中奉公することを決めたんだろうが。文句言うなよ」

「そうですけどね！」

だからどうして彼はこう、いちいちいちいち香澄の感情を逆なでしてくるのか。

香澄は苛立ちをなだめるためにやけ食いしようと、団子に伸ばしかけた手を止めた。

「ああ、そういえば、旦那様はあの掛け軸をすごく気に入られたそうですよ」

いまいち腑《ふ》に落ちないが、お内儀が言っていたことを伝えれば、艶煙が意味ありげに眉をあげる。

「へぇ？」

「毎日ながめているって、お内儀の多恵様が言ってました」

「ほほぅ」

久馬までもが企《たくら》み顔で、興味深そうに相づちを打った。言いたいことがあるならはっきり言って欲しいものだが、二人とも悪いことを考えているような顔で煙を吐くばかりだ。

「旦那さんがあの掛け軸を気に入っているようでは、先は長いかもしれませんねぇ」

「そうなんですか？」

艶煙は細い目をなお細くして笑うばかりで詳しい話はしてくれなかった。協力を求められはしたが、まだ彼らの仲間にはなれていないようだった。仲間になるつもりはないのでかまわないけれど。

それよりも今は、掛け軸のことが気になる。

「……あの掛け軸、私は、あまり好きじゃないです」

ぽつりとつぶやけば、久馬がひょいと片眉をあげ、艶煙と視線を交わす。艶煙は煙管の灰を吹くと、湯飲みを手にした。

「どうしてですか？」

問いかけられても明確な答えは返せない。

「五日前に床の間に飾られているのを見たんですけど……、なんか……」

「気に入りませんか？」

「そういうわけじゃ……」

美女がふり返り、ほほえんでいる。昔から人気の題材だ。

単純に綺麗な女性の画だと思っていた。けれど床の間に飾ってあるのを見たときに覚えた違和感がぬぐえない。そしてその正体に思い至り、ぞくりとする。

あの画の女性は足下に目を向けていたはずだ。それなのに香澄は彼女と目が合ったのだ。

「な、なんだか……表情が変わったような……？」

さらに憂いをおびていたほほえみが、どこか妖艶《ようえん》な笑みに変わっていた気もする。光の加減か、全体的に色あせても見えた。

思い違いだろうか。

「ふぅん？」

艶煙はにやりと笑うと、食べかけの団子に手を伸ばす。

「もう一度見てごらんなさいよ」

いたずらをすすめるように艶煙が言うと、久馬も悪だくみをしている顔でにやりと笑った。

「きっと面白いことがあるぞ」

久馬と艶煙の思わせぶりな言葉に首をかしげつつ、香澄は浅田屋に戻った。炊事場に向かうと、多恵が女中頭と話をしているところだった。

「ただいま戻りました」

「あら、お帰りなさい、香澄さん」

にこやかに迎えてくれた彼女は、香澄の手から風呂敷に包まれた菓子箱を受け取ると、形よい唇にちらりと笑みを浮かべて、こそりと香澄に耳打ちする。

「口元、タレがついてますよ」

「えっ！」

香澄が慌てて指先で口元を拭うと、彼女は愉快そうにころころと笑った。もしかしてからかわれたのかもしれない。

菓子を女中頭に手渡した彼女は、ふいに思いだしたように香澄の二の腕をつかんだ。

「そうそう！　いらっしゃい！」

問い返す間もなく、ぐいぐいと腕を引っ張られる。

「え、え？」

訳がわからないまま引きずられていくと、そこは先日見返り美人の掛け軸を見た部屋――主人夫婦の寝間《ねま》だった。多恵はどうやらその画を香澄に見せようとしているらしい。

――の、だが……。

「見て。この画」

床の間の前に立ち、彼女は満足そうな笑みを浮かべている。けれど香澄は、彼女のその笑みの理由がわからなかった。

「こ、これ……」

掛け軸を見て、言葉を失う。

見返り美人の画だ。表装も同じだが、香澄が以前見た画とはまるで違う。

同じ女が描かれていると思う。立ち姿も同じだ。同じだけれど。

「これ……が、私の持ってきた掛け軸、ですか？」

「そうよ」

「で、でも……」

明らかにそれは、香澄があの日店先で広げた掛け軸とは違うものだった。

憂わしげなほほえみを浮かべていたはずの女性は、恨めしげに表情を歪めている。

醜くはないが、美しいからこそ凄惨《せいさん》にも見える。華やかだった菊花の着物は色あせ、咲き乱れていた花々はしおれて枯れてしまっていた。ほどけかけた帯の端は足下に落ち、そこに咲いていた花は髑髏に姿を変えている。

「これ、幽霊画、ですよ？」

香澄が持ち込んだ画と同じものでないことは一目でわかる。わかるはずなのに、お内儀はうっとりとした眼差しで掛け軸を見つめている。

画よりも、そんな表情を浮かべる多恵が怖い。彼女の気持ちが理解できない。

「毎日毎日、少しずつ画が変わっていったの。こんな掛け軸は初めてよ」

「そ、んな……」

掛け軸に描かれた画が勝手に変わったなど、彼女は本当に信じているのだろうか。

しかし、持ち込んだ香澄にも毎日変化していった原因を説明することができない。

もしかしたらこの掛け軸は、元々いわくのある幽霊画で、飾っておくとこうして姿を変えていくものだったのかもしれないけれど。

いや、そんな、まさか。

でも本当にそうだったとしたら……。

考えてみた香澄は背筋をふるわせる。

気味が悪い。

それなのに多恵は、欠片も怯えた顔を見せない。それどころか、

「こんなめずらしい画、高く売れるのじゃないかしら」

などと、的外れなことをつぶやいている。

「怖くないんですか？」

掛け軸の画が勝手に幽霊画に変化したのだ。香澄は不思議だと思う以前に恐ろしく感じる。けれど彼女の表情に怯えはない。

「別に悪い感じはしませんもの」

そういう問題ではないような気がするのだが。なかなか剛胆な女性だ。

感心すればいいのかあきれればいいのかわからない。

どんなに気味の悪い掛け軸だろうと、持ち主が気に入っているのならば自分には関係のないことだ。

そう思っていたのだが、近づいてきた荒々しい足音にふり返った香澄は、青ざめた顔をした主人の尋常でない眼差しに射貫《いぬ》かれて、関係なくなどないことに気づいた。この画を持ち込んだのは自分なのだから。

彼は部屋に入ってくると、鬼気迫る表情で香澄の両肩をつかんだ。

「おまえ！　その掛け軸は、なんなんだ？　何か、いわくのあるものなのか？」

血の気が引いた顔には明らかな恐れが浮かんでいる。源助はこの掛け軸の画が変わったことを異常な出来事としてうけとめているのだ。そういえば吉蔵が、彼は迷信深い性格だと言っていたか。

香澄たちが画をながめているのを見かけ、いても立ってもいられなくなり、とうとうこの掛け軸のいわくを訊ねる気になったのかもしれない。

源助が声をふるわせる。

「初めは気のせいかと思った。だが、日に日に画が変わっていくんだ。昨夜《ゆうべ》まではまだ生きている姿だったが……、今朝起きたらこんな画になっていた……！」

むしろ今までよく我慢していたものだ。香澄はそう思うのだが、やはり多恵は考えが違うようだった。

「まぁ、あなた。そんなに怖がることはありませんわ。ただの画ではないですか」

「ただの画がこんなふうに変わるものか!!」

源助の声は悲鳴のようにさえ聞こえた。

「毎日、毎日変わっていく画を見て、どうしておまえは何も思わないんだ！」

恨めしげな目をした女が、画の中から見つめてくる。どこから見ても目が合う、不思議な画だった。

彼の話が本当で、日に日に少しずつ画が変わっていき、とうとう幽霊画になってしまったのだとすれば、彼の反応も不思議ではない。毎日掛け軸の変化を目にしていれば、なおのこと。

源助は香澄の肩が痛むほど、つかむ手に力を込めた。

「何か知っているか？　祟《たた》るような画じゃないだろうな？」

「わ、私が知っているのは、御一新後に父がお金のために何度か手放そうとしていたことくらいしか。だからお金になるものだろうと思って……」

香澄は画のいわくを訊ねられたときにはそう答えるよう言われていたとおりに伝えた。もし本当にいわくのあるものだったとしても答えようがない。ただ無知な娘を装うことしかできないのだ。だが冷静に考えてみれば、あの久馬と艶煙の用意した画だ。いわくよりも細工がある可能性が高い。

我慢し切れなくなったように取り乱す源助とは対照的に、多恵は冷静だった。薄く笑みを浮かべて夫へ声をかける。

「まぁ、旦那様。毎日ながめてらっしゃったから、私、てっきり気に入っておられるのだと思っておりましたわ。こんなに美しい女性の画ですもの」

「何が言いたい」

妻の含みのある言葉に、源助の表情に険がくわわった。気にしていないように見せかけて、多恵は夫の女好きを嫌悪しているのかもしれない。

夫婦の関係というのは未婚の香澄にはよくわからなかった。母を幼いころに亡くしているため、両親を参考にすることもできない。

「ふふ。旦那様はそういうものを気になさる方ですものね」

多恵は口元に手を当てて笑みを隠すと、彼の迷信深さを揶揄《やゆ》する。香澄は今にも夫婦げんかが始まるのではないかと、ハラハラして二人を見守った。

「桜野さんだって、別に辞めさせることなんてなかったわ。よく働く娘さんだったのにあんな新聞記事を真に受けて」

「身代をつぶしてからでは遅いんだ」

「はいはい」

あきれたように溜息をついた彼女は、ちらりと掛け軸に目を向けると、

「では、この掛け軸については、いわくのわかる方を探しましょう」

と、そう提案した。

翌日、多恵の呼びかけに応じて店にやってきたのは、山伏《やまぶし》装束《しょうぞく》の男だった。

「こちらが掛け軸を見てくださる修験者《しゅげんじゃ》の先生です」

「……っ！」

香澄は男を見て、あげそうになった声をすんでの所で呑み込んだ。その修験者、立派な髭《ひげ》をたくわえているが、細い狐目にいやというほど見覚えがある。

艶煙だ。

「よろしくお願いします」

頭をさげた浅田屋夫婦に大仰にうなずいた彼は、件の掛け軸のある部屋に案内されていった。香澄も黙ってその後に続く。

部屋に入り、床の間の前で足を止めた修験者――艶煙は、自分で用意した画を、もっともらしく時間をかけて検分する。そっと手を伸ばし、恨めしげな眼差しの女に触れ、やさしくその顔を撫《な》でて手を離す。

そして、硬い表情でふり返った。

「この画は……」

神妙な顔つきでつぶやいて、部屋にそろった浅田屋夫婦と香澄を順に見やる。

「この掛け軸は、どこで手に入れられたのですか？」

「この娘が、私に買い取って欲しいと言って持ってきたのです」

源助の言葉に艶煙は香澄に目を向ける。

「あなたは、どちらで？」

「えっと……。それは父のものだったんです。何度かお金に換えようとしていたのを見ていたので、もしかしたら、価値のあるものなのかもしれないと思って。こちらの旦那様が画がお好きだと聞いて、買っていただけないかと思って持ってきたんです」

「なるほど」

久馬が考えたらしい設定を香澄が口にすると、彼は深くうなずいた。

香澄には彼が何をどうしようとしているのかはわからなかったが、画が変化したのが二人の策略であることは確信した。

これが吉蔵の依頼、『浅田屋の主人をこらしめる』ための仕掛けなのだろう。

「彼女のお父上が手放せなかったのもわかります」

「どういうことでしょうか？」

不安そうな源助に、艶煙は暗い声音《こわね》で語る。

「この画に描かれている娘は、かつて奉公先の主人にひどい暴行を受けていたようです。嫁に行けぬ身体にされたというのに、主人は安い金でカタをつけた。その後もあまり幸せな生活を送れなかったようですな。そのせいで、この画は男だけを祟るのです」

「な……」

源助は言葉を詰まらせて、その場に立ちすくむ。それがまるで彼自身のことを語られているかのようだったからだろう。

実際、彼を題材にしてでっちあげられた話なのだろうが。

「彼女のお父上が、生きている間には手放せなかったのもそのためでしょう。この画は持ち主が死ぬまで離れぬ、手放せば不幸に見舞われるような代物《しろもの》です」

「なんと……」

すっかり騙されている源助は、血の気の引いた顔で艶煙にすがる。

「これはどうすればいいのでしょうか？」

「画が日に日に変わっていったということは……」

艶煙は思案げに言葉を切り、ちらりと彼を見やった。

「ご主人。何か女性に恨まれるようなことはおありでしょうか？」

「い、いや、そんなことは、まさか……」

しどろもどろになりながら否定する彼の額に玉のような汗がふきだす。自覚はあるようだ。

うんうんと艶煙はうなずく。

「そうでしょうとも。浅田屋さんほどの大店のご主人が、まさか女性の恨みをかうようなことをなさるとも思えません。しかし、これは持ち主が女性に不実を働くようなことがあれば、呪います」

「の、呪う!?」

さらりと口にされた言葉を繰り返した源助の声は裏返っていた。けれど艶煙はまったく意に介した様子なく続ける。

「はい。身を慎んでおられるご主人のような方でしたら、もちろんなんの心配もいりません。死ぬまでこの掛け軸を大事にすればよいだけのことです」

「こ、こんなものを、手元に置き続けなければいけないというのか!?」

身を慎んでいない彼としては手元に置いておきたくはないだろう。

怒鳴る源助に対して、艶煙は飄々《ひょうひょう》と応じる。

「手放してもかまいませんが、その後のことは私には保証できません。この画の娘は、そうとう男を恨んでいるようですからな」

源助は恐怖にか、それとも怒りにか、ぶるぶるとふるえた。

掛け軸を手元に置いておけば若い娘に手をだせない。かといって手放せば不幸に見舞われるかもしれない。どちらをとっても彼にとっては不都合なのだ。

突然源助が香澄をふり返った。

「なんというものを持ち込んでくれたんだ……！」

「わ、私は……」

今にも殴りかかってきそうな勢いで踏みだした源助に香澄は後じさる。

「おまえのような娘は雇っていられない！　この店から出ていけ！」

「喝《か》ァッ！」

源助の怒鳴り声と同時に、艶煙の声が響いた。

源助だけでなく、香澄も驚いて息を呑んだ。

艶煙は厳しい表情を浮かべ、固まってしまった源助に語りかける。

「おなごをしいたげてはなりません。ほら、ごらんなさい。掛け軸の娘が……」

つい、と。彼の指先が掛け軸を差ししめす。

全員の視線を女の姿に集めた彼は、厳しい表情を浮かべ、そしておごそかに、

「――目を光らせている」

と、続けた。

「ひぃ……っ！」

源助が腰を抜かしてその場にへたり込む。

香澄も掛け軸の女の眼差しを見て悲鳴をあげそうになった。

恨めしそうな目が、きらりと光ったのだ。

からくりのある画だと知っている香澄さえ驚いた。何も知らず、かつ心にやましいことのある源助の恐怖はいかばかりだろう。

彼は掛け軸から目をそらし、両手を大きくふった。

「わかった！　わかった、もうしない！　この掛け軸も大事にする！　だから堪忍しておくれ！」

悲鳴じみた声で叫んだ彼の姿に、多恵がわずかにほほえんでいるのを香澄は見た。

もしかしたらこれは吉蔵ではなく、彼女からの依頼だったのかもしれない。

そう気づいた香澄は、目を光らせる掛け軸よりも、生ける女のほうがよほど恐ろしいのではないかと思った。


主人と一悶着《ひともんちゃく》あったような店には居づらいだろうと、多恵が計らってくれたおかげで、めでたく浅田屋を辞めて早三日。蕎麦屋《そばや》の座敷で香澄は、久馬と艶煙の二人と向き合って座っていた。

吉蔵に依頼されたとおり、首尾よく浅田屋の主人にお灸《きゅう》を据えることができた。香澄が売り込んだ掛け軸がそのために利用されたのは理解しているが、どんな仕掛けがあったのかは、今もわからないままだ。

食べ終わった蕎麦の器を脇《わき》によけ、香澄は艶煙に訊ねる。

「どういうことだったんです?」

「はい?」

さっそく食後の煙管に火を入れようとしていた艶煙が、ひょいと首をかしげる。

「だから、どうして画が変わったんですか?」

真剣に訊ねる香澄に対して、久馬がくっと喉を鳴らして笑った。箱から煙草を取りだしながら、あきれたように口を開く。

「あんなもの、毎日すり替えていたに決まっているだろう?」

「すり替えるって……」

毎日少しずつ違う画に取り替えていけば、たしかにじわじわ変化していくように感じるかもしれない。だが香澄が持っていったのは一幅だ。もちろん浅田屋の主人に売り渡してから一度も手を触れていない。

ということは。

「協力者がいたってことですか? 吉蔵さんとか?」

「いいや。どの部屋にでも自由に入ることができる人だ」

そんな者は多くはない。その中でも一番あり得そうなのは。

「多恵様？」

「そのとおり」

久馬は燐寸をすって煙草に火をつけると、美味《うま》そうに煙を吐いて続ける。

「お内儀が旦那への恨みを込めて、毎日毎日掛け軸を替えていたのさ」

香澄はあの美しい多恵が暗い笑みを浮かべて掛け軸を交換する様を思い浮かべた。

「そのほうが怖い」

やはり生きている女の情念のほうが、恨めしげに見つめてきた画の中の女よりも恐ろしく思える。我慢の限界を超えた妻に包丁で刺されなかっただけでも、浅田屋の主人は幸運だったのかもしれない。

掛け軸に隠されたお内儀の想《おも》いに想像をめぐらせていた香澄は、もうひとつ気になることを思いだす。

「あ、それなら、最後に目が光ったのは？」

「雲母《うんも》ですよ」

艶煙が煙管の先を小さくふった。

「雲母？」

「きらきら光る石です。それをすりつぶして粉にしたものを、画を見るふりをしてちょいとつけておいたのです。香澄さんも旦那さんも、気味悪がって画をまじまじと見たりしなかったでしょう？　けれど、あえて指摘したことでそこに目が行き、突然目を光らせたように見えただけですよ」

つまり、横井《よこい》也有《やゆう》の句『化け物の正体見たり枯れ尾花』と同じだ。恐れが強すぎて、ただの石粉《いしこ》の輝きが女の目の光に見えたのだろう。艶煙がそこに注意を向けさせたから、よけいに。

久馬はくわえ煙草で愉快げに笑いながら、上着のポケットから紙を一枚取りだした。彼の勤める新聞社の小新聞だ。

「まぁ、これで、浅田屋の主人もしばらくは身を慎むだろうさ」

差しだされたそれを受け取り、香澄はそこに躍る見出しを読みあげる。

「浅田屋の生ける幽霊画？」

どうやら、あの掛け軸についての記事らしい。

「呉服商浅田屋源助方に持ち込まれた掛け軸の娘、日に日に姿を変え陰惨な幽霊となり。拝み屋いわく、奉公先の主人から手ひどい仕打ちを受けた娘の描かれた掛け軸、男のみを祟り、一度手にすれば死ぬまで離れぬものだが、おなごに無体《むたい》を強いねばなんら恐れるものではないとのこと。浅田屋の主人がなんの不安もなく手元に置けるのは、彼が清廉潔白《せいれんけっぱく》であるがゆえであろう」

つらつらと記事を音読した香澄は、目をすがめて久馬を見た。

「なんですか、この記事。清廉潔白な浅田屋のご主人って」

これほど嘘くさい記事もない。彼の女好きを知っているのは浅田屋の奉公人だけではないだろうに。

あえてそんな書き方をしたのであろう久馬は、人の悪い笑みを浮かべている。

「誰もそんなことは思ってないだろうな。だが、そう笑われていることを知りながら気づかないふりをするのも辛かろうよ」

「意地悪ですね」

「これまで泣き寝入りしてきた娘さん方の敵討《かたきう》ちさ」

ふふんと鼻を鳴らした久馬を、艶煙が横目でながめてほほえむ。

「ふふ。久馬さんは女性におやさしいですから」

香澄は彼の言葉に久馬をまじまじと見た。自分への対応にはそのやさしさが感じられない気がする。

「どこが？」

「うるさい、小娘」

久馬は犬でも追い払うようにしっしと手をふった。やはりやさしさが足りない。

むぅと膨れた香澄に、煙管の灰を吹いた艶煙が改めて向き合う。

「さて。今回はご協力ありがとうございました。これで我々が詐欺師だという疑いも晴れたことですし、よかったよかった」

そう言った彼は、香澄の前に小銭を置いた。十銭硬貨が三枚だ。一週間ばかりの働きに対する報酬にしては少々多い。

「お金を……もらっているんですか？」

依頼人から高額の報酬を受け取っているのかと思って訊ねれば、艶煙は首を左右にふった。

「いいえ。今回は掛け軸のお金をいただいたくらいですが、あれも絵師にほとんど渡してしまいましたしね。ですからいくらも差しあげられませんけれど。それは口止め料ということで」

口止め料などもらわなくとも、誰かに話すつもりはない。それよりも、彼らが報酬も得ないでどうしてこんなことをしているのかが気になった。

「お金にならないのに、どうして？」

「あたしは芝居の醍醐味《だいごみ》を味わえますし、久馬さんは記事が書ける。損はしてないですよ」

そう言われればそうかもしれないが、もし彼らがしていることが世の中に知られれば、好意的には受け容《い》れられないのではないだろうか。

「でも……もしバレたら、損、ですよね？」

「バラすつもりなら」

すっと艶煙が懐に手を入れる。冗談めかして笑っているが、まさか匕首《あいくち》でも忍ばせているのではないかと思わせる仕草だ。ぶすりと刺されてはたまらないので、香澄は慌てて両手をふった。

「そういうことじゃなくて」

どうしてそこまでして誰かのために人を騙すのか。それが知りたいだけだ。

香澄がそう訊ねる前に、艶煙は察したように口を開いた。

「世の中にはね、妖怪や怪異現象のせいにすればうまくいくことがあるんですよ。桜野さんのように、伯父の顔をつぶせない、けれど店は辞めたい。浅田屋のお内儀のように、旦那をこらしめたいけれど、夫婦仲を壊したいわけではない、とね。だからそれをなんとかするために知恵を貸す。妖怪や怪異現象を利用すれば、誰も悪者にならなくていいでしょう？　それだけのことです」

香澄は黙って煙草を吹かしている久馬に目を向ける。

「あなたも？」

人助けを好んでするような男には見えない。むしろ冷たくつき放すような印象さえある。——それなのに。

「……俺も、救われた一人だからさ」

彼は香澄を見ることなく、ささやきに近い声で答えた。

恩返し、のようなものなのかもしれない。

意地が悪くて、嫌味で、女性にやさしいと言われているのに香澄には冷たい彼に、一体何があったのだろうか？

口止め料を受け取り、ここを立ち去れば、彼らとの繋《つな》がりは消える。

「私……」

人を騙す。それが正しいこととは思えないが、誰かを救えるならば悪いことではないのかもしれない。久馬たちを手伝い続けていれば、彼らがこんな《裏稼業》を続けている気持ちも理解できるようになるのだろうか。

騙された一人として、それを知りたかった。

香澄は口止め料を押し戻し、身を乗りだして二人に訴える。

「私。手伝います。手伝わせてください」

「はぁ？」

目をむいた久馬が煙草を落としそうになりながら声をあげる。

「おまえまさか、俺を見返すためにとか言うんじゃないだろうな？」

「えっと、それは八割くらいですよ？」

「けっこうでかいな」

「でも、女手があるほうが都合がいいでしょう？」

女にしかできない役目もきっとあるはずだ。だから彼らの役に立つことができるに違いない。

久馬とは対照的に、艶煙は楽しげに笑っている。

「それはいい。そうしましょう」

「ふざけんな、艶煙」

もう少し説得しなければならないようだったが、香澄は引くつもりはなかった。

久馬を見返すため、いや、彼らの心の在処《ありか》を知るために。

久馬には迷惑だろう決心を固め、香澄は彼の攻略を開始した。

第二話　髪鬼の怪

長い――長い黒髪が、眠る男の首に絡みつく。

白い小袖をまとい、長い黒髪をぞろりと垂らした女が、布団《ふとん》に横たわる男を見おろしている。かつては町の誰よりも美しいと褒めそやされた艶《つや》やかな黒髪は、もはや見る影もなくぼろぼろに傷ついていた。

毎日深更《しんこう》となると、女はそんな姿で男の元に現れる。

「ああ、うらめしや」

暗い瞳《ひとみ》で男を見つめる彼女は、幾度も幾度も繰り返す。

「うらめしや、うらめしや……」

愛《いと》おしげにさえ聞こえる声でささやきながら、女は自分の黒髪が絡んだ男の首を、細い指でしめあげた。

「二世《にせ》の契《ちぎ》りを交わしたではありませんか。私以外の妻は娶《めと》らぬと約束してくださったではないですか。あの言葉は嘘だったのですか？　何故私を捨てて、若い娘を娶ったのですか?」

ぎりぎりと首をしめられ、男の手が助けを求めるように空を掻《か》いた。

◆

香澄が久馬と艶煙の《裏稼業》を手伝うと一方的に宣言したのは十日前。それからしつこく説得した結果、反対していた久馬になんとか許してもらうことができた。

しかし、それには二つの条件がついていた。

そのひとつは、三ヶ月という期間だ。その間に見返せるものならば見返してみせろという久馬の宣戦布告であろうと香澄はそれを受け止めた。

そしてもうひとつの条件は、親に外出の許可を得ることだった。

外出の理由をいつまでも誤魔化すことはできない。かといって人を騙す仕事を手伝うなどと正直に伝えて、父が許可してくれるはずもない。そこで艶煙が提案してくれたのが、日陽新聞社で雑用係として働くことだった。久馬はよい顔をしなかったが、新聞社の社長は喜んで香澄を受け容れてくれたし、父も「社会勉強になるならば」と言って許してくれた。

明治と年号が変わっても、男には男の、女には女の仕事があり、男の職場に混ざって女が働くことなど滅多にあることではない。そんな中で香澄を雇った日陽新聞社の社長も、香澄が働くことを許した父親も、ずいぶんな変わり者の部類に入る。

いや、働く香澄自身が言えることではないのだけれど。

ともあれ、おかげで頻繁に家を空ける理由を考える必要はなくなったわけだ。

「おはようございまーす」

香澄は出勤時間の十時より少し前に新聞社の扉を開けた。そこには四人の男性が机に向かっている。社長一人に記者三人。記者の一人はもちろん久馬だ。

「おはよう」

「おはよう、香澄ちゃん」

「おはようございます」

返ってくる挨拶に応じながら自分の席へ向かうと、今日一番の仕事を言いつけられる。

「香澄ちゃん、お茶淹《い》れて」

「はーい」

香澄が雑用として頼まれているのは、お茶くみに掃除、郵便物の整理とおつかいだ。

たまには記事の推敲《すいこう》や、書類の清書も任される。幼いころから父に字を習っていたのが役に立った。

前掛けを身につけると、香澄は早速人数分のお茶を淹れた。

「どうぞ」

社長の机に湯飲みを置くと、髭を蓄えた四十絡みの恰幅《かっぷく》のいい男がにこりと笑う。

「いやぁ、職場に女の子がいるっていうのはいいなぁ」

「うむ。明るくなるな」

社長に応じたのは彼と同じ年頃の、内村《うちむら》という久馬の先輩記者だ。社長とは同門で、この新聞社を立ち上げた仲間でもあるらしい。

彼らの言葉に、古い本を読んでいた久馬がちらりと顔をあげて口をはさむ。

「そうですか？」

眉間に皺が寄っており、非常に不満そうだ。

香澄は順番を無視して、彼にはお茶をださず、彼の後輩記者の弥太郎《やたろう》の机に先に湯飲みを置いた。

「はい、どうぞ。弥太郎さん」

弥太郎はせいぜい十代の後半にしか見えない童顔なのだが、久馬よりいくつか年下なだけの、二十代半ばらしい。そのうえ彼の身長は平均的な男性よりもかなり低い。彼は久馬たちとは違い、まだ長着《ながぎ》に袴姿《はかますがた》だ。

ちょっと可愛いと思えてしまう彼は、この職場で香澄が一番気安く接することのできる相手だった。

お茶を後回しにされた久馬が香澄を見あげる。

「おいこら。俺のはどうなった」

「あら欲しかったんですか？」

「ふん。どうせ出がらしかよ」

「なんですって⁉」

そんな二人のやりとりに、社長がのんびりと口を開く。

「仲良しだなぁ」

「まるで兄妹だ」

そう応じた内村をふり返り、香澄はびしりと久馬に指先をつきつけた。

「私の兄はこんな意地悪でも嫌味でもありません。やさしくて紳士的で、清廉潔白を画に描《か》いたような方なんですからね」

兄は久馬よりも年下だろう二五歳だ。年の離れた妹である香澄はずいぶん可愛がってもらったし、今でも甘やかされている。頭がよくてやさしく人当たりもよく、見た目もそこそこ麗しい彼は、香澄の自慢の兄なのだ。

だからすぐに意地の悪いことを言い、嫌味に笑う久馬は、多少顔がよろしかろうと兄の足下にも及ばない。

面倒くさそうな表情で本を閉じた久馬がぼそりとつぶやく。

「そういう男にかぎってむっつりなんだ。愛人を二人も三人も囲って……いてっ！」

香澄は思い切り彼の足を蹴《け》ってやった。

「おまえな！　男なんてのは元服《げんぷく》すれば、女遊びのひとつやふたつしてるもんなんだよ！」

「あーあ。香澄さんが虫けらを見るような目をしてますよ」

弥太郎の言うとおり、久馬を見る自分の眼差しはひどく冷たいだろう。

兄と久馬はまったく違う。提灯《ちょうちん》に釣り鐘、雲と泥、月とすっぽんだ。

弥太郎があきれたように肩をすくめる。

「どうして久馬さんは悪ぶっちゃうんですか？　昔っからそうなんですから」

「弥太郎さんは久馬さんと以前から知り合いなんですか？」

香澄は目をまたたき、弥太郎に問いかけた。

「道場が一緒だったんです。この仕事にもその縁で声をかけてもらったんですよ」

「うむ。剣はすこぶる弱かったが、学問所の成績はよかったことを思いだしてな」

「どうせ免許皆伝《めんきよかいでん》の久馬さんとは違いますよ！」

わっと叫んで弥太郎は机につっ伏した。思いだしたくない過去でもあるのだろうか。

そんな彼の頭を久馬が筆の尻《しり》でつついている。

弥太郎はいつも久馬にいじめられているのだが、仲は良さそうだ。

「みなさん士族の出なんですか？」

訊ねた香澄に社長がうなずき、内村と目を合わせる。

「俺たちはしがない貧乏御家人《ごけにん》だった。だからなあ、戊辰の戦が終わった後、薩長《さっちょう》の奴《やつ》らの下で働くくらいなら、流行の新聞社でも立ちあげて、奴らを小馬鹿にした記事でも書いてやろうと思って」

「よくこれまでつぶされませんでしたね」

志が高いのか低いのかわからない。香澄はあきれてつぶやいた。

新聞を発行するには政府の許可がいるのだ。当然検閲《けんえつ》もあり、政府の批判に匿名記《とくめい》事、名誉毀損《きそん》にあたる記事を掲載することも禁じられている。ちなみにお咎《とが》めは新聞の発行停止や差し押さえだ。日陽新聞社はこれまで上手《うま》く政府の目をすり抜けてきているのだろう。

「久馬は世が世なら、今頃町の娘さんたちに騒がれていたんだろうけれどなぁ」

「久馬さんのお父上は、北町の与力《よりき》でしたからね。『困ったことがあったら、いつでも言いねぇ』なんて、そりゃあ格好良かったんですよ」

「へぇ」

弥太郎が加えた説明に、香澄は素直に驚いた。

力士と火消の頭、そして与力は『江戸の三男《さんおとこ》』と呼ばれ、いきでいなせな色男の代表だったのだ。

洋装を身にまとう久馬から髷《まげ》に半裃《はんがみしも》姿で出仕する姿など想像もつかないが、十年も前ならば、着流しに羽織姿で町を歩いていたのだろうか。さらに町人言葉を話すとは。

久馬が手にしていた筆を硯《すずり》に投げだした。ふたたび手持ちぶさたに綴《と》じ本をぺらぺらとめくりだす。

「だが、しょせんは不浄役人《ふじょうやくにん》さ」

「不浄役人？」

首をかしげて香澄が問うと、背もたれにもたれかかった久馬が、つまらなそうな表情で教えてくれる。

「与力や同心《どうしん》は罪人を捕まえるのが仕事だろ？　だから罪人と関わる不浄な者だと呼ばれて、組屋敷の外では侍同士の付き合いはあまりなかった。婚姻《こんいん》も組屋敷内ばかりで繰り返しているうちに、八丁堀《はっちょうぼり》はみんな親戚《しんせき》になってたくらいだぞ」

「どうして不浄なんですか。立派なお仕事なのに」

罪人を捕らえる仕事は危険を伴う。それこそ武士らしい仕事に思えるのだが。

「妬《ねた》みだよ、妬み」

そう言ったのは内村だった。

「与力の俸禄《ほうろく》は、貧乏旗本《はたもと》よりもよっぽど多かったんだ。その上、大名《だいみょう》や町の金持ちから『揉《も》めごとが起こったときには便宜を図ってくれ』と付け届けが贈られるだろ？　懐は温かかっただろうなぁ。羨《うらや》ましいことだ」

なるほど。与力は役得の多い役目だったのだ。

それは香澄の父が務めていた奥右筆も同じだった。政の中枢で多くの秘密を握っていた父の元には、様々な理由で付け届けがきたものだった。

香澄の父は、いつも半分ほどしか受け取らなかった。あまりにも大きな額を受け取っては政が乱れ、かといってすべてを受け取らずにいれば恨みを買う。そこの見極めが難しいのだとぼやいていたのを、おぼろげに覚えている。

「俺は傘を張ったこともあるぞ。本職に褒められてたからな！」

「胸張って言うことじゃないでしょうが」

堂々と告白した内村に、久馬があきれたように目をすがめた。

仕官先がなかったり、仕官していても禄の少なかった者は、内職をしなければ生活が立ちゆかなかったらしいが、おそらく内村はそうだったのだろう。

「つまり、久馬さんってお金持ちなんですか？」

「江戸のころはそこそこな」

洋装に煙草、燐寸を見ても、貧乏ではなさそうだけれど。

「久馬さんのお父上はお元気なんですか？」

「戊辰の役《えき》のころに死んだよ」

あっさりと告げられた言葉に、香澄は慌てて謝罪した。

「すみません……」

どうも自分には、訊かなくていいことを訊いてしまう悪い癖がある。たとえそれが十年近くも前のこととはいえ、口にすることで思いだしてしまう記憶もあるだろう。

香澄が母のことについて訊ねられるたび、恋しくなるのと同じように。

久馬はめくっていた本を、机の端に積みあげられている書物に重ねた。その本の山は、表紙に『妖怪』なんたらと書かれたものばかりである。新聞記事を書くのに必要なのか、それとも裏稼業のためのものなのか。

そんなことを考えていると、久馬が上着をつかんで立ちあがった。

「お出かけですか？　それとも昼寝？」

「おまえは俺をなんだと思ってるんだ。取材だよ、取材」

「めずらしい……！」

香澄は両手で口元を覆い、あからさまに驚いてみせた。

「その顔やめろ。よけいに不細工だぞ」

「それこそよけいなお世話です！」

子どものような言い合いをしながら久馬は帽子を手にする。そして香澄に背を向けたが、すぐにふり返った。

「おまえ、明日《あした》休みだろ？　暇か？」

「ええ、まあ。それが何か？」

「艶煙がおまえを芝居に連れてこいとうるさいんだ。行きたいか？」

久馬の裏稼業仲間である芝浦艶煙は役者崩れを自称していた。ということは、田舎《いなか》の小さな芝居小屋か何かだろうか。

「どこまで行くんですか？」

「そう遠くはない。行くなら明日、下のサロンで十時に待ってろ」

「はぁ」

香澄は曖昧《あいまい》にうなずいて、一方的に告げて取材に出ていく久馬の背中を見送った。

ここ数日の観察で、艶煙がかなり頻繁に新聞社のサロンに顔をだしていることには気づいている。そして普段何をしているのか、少し気になっていたのだ。役者崩れで生活していくのは難しいのではないだろうかと、よけいな心配をしていたくらいだ。

さておき、その謎《なぞ》も明日には解けそうだ。

どんな芝居が見られるのだろうかと考えつつ、掃除をしようと足を踏みだしかけた香澄だったが、その耳に思いがけない言葉が飛び込んできた。

「久馬の奴も、女の子を遊びに誘うなら、もっと洒落た言い方もあるだろうに」

「へ？」

内村の言葉に、香澄は目をぱちくりさせる。

「いやいや、久馬さんはあれで硬いところのある人ですからね。逢《あ》い引《び》きなんてできないんですよ」

「逢い引……!?」

弥太郎の言葉に思わず声が裏返る。

「な、ななな、何言ってるんですか！　ち、違いますよ！　た、ただ艶煙さんのお芝居を観《み》にいくだけでしょう!?」

「ははは。香澄ちゃんも初心《うぶ》だなぁ」

「なかなかお似合いじゃないか」

内村が愉快そうに笑い、社長が意味ありげにうなずいた。

「ぜ、絶対に、違いますからね！」

からかわれて、なんだか行きづらくなってしまった。

香澄は熱くなった頬を押さえ、明日の朝は誰にも見つからないようにこっそりと、サロンの隅で久馬を待とうと決めた。


艶煙が役者を務める一座は、ここ最近、招魂社《しょうこんしゃ》に小屋を掛けているらしい。

新聞社のサロンの片隅で久馬と合流した香澄は、九段《くだん》と呼ばれる急坂の上にある招魂社の、大きな鳥居の前で人力車をおりた。

招魂社とは四年前、戊辰の役の犠牲者を慰霊するために九段上に建立《こんりゅう》された神社だ。

その境内《けいだい》には地所を拝借した見世物や芝居が、たびたび小屋掛けしていると聞く。特に春と秋の例大祭時《れいたいさいじ》には、盛り場である浅草奥山《あさくさおくやま》かのようなにぎわいだという。しかし今はちょうど祭事のない時期だからか、掛けている小屋は少なく、境内は閑散としていた。

香澄たちはまずは本殿に参り、それから艶煙がいるらしい芝居小屋へ向かった。

「ここだ」

久馬に案内された小屋は『縁魔座《えんまざ》』と銘打たれていた。組み合わせた柱に蓆《むしろ》をかけただけの簡素な作りの小屋である。

久馬は呼び込みの男に軽く手をあげた。相手も表情を緩めたところを見ると、顔見知りのようだった。きっと彼は何度か艶煙の芝居に足を運んでいるのだろう。

久馬に木戸銭《きどせん》を払ってもらい中に入ると、さすがに舞台こそあったが客席はなかった。どうやら立ち見らしい。

最前列の端に陣取った香澄は周囲を見渡した。客はまだまばらだが、女性が多い気がする。

「小さな芝居小屋なんですね」

香澄がこれまでに行ったことがあるのは、大芝居と呼ばれる政府公認の芝居小屋だった。客席も広く、桟敷《さじき》席だけでなく二階の座敷席まであり、ゆうに百人は入れたのではないだろうか。けれどこの縁魔座の客席は十数人も入れれば互いに肩が触れあい、二十人も入れれば窮屈、さらに増えれば押しだされてしまいそうだった。

「小屋掛け芝居ってのは、常《じょう》打ちの大芝居に比べて安い分、設備は簡素なんだよ」

そう言って久馬は、舞台を隠している幕を指さす。

「ほら、あの幕も引幕《ひきまく》じゃなくて緞帳《どんちょう》だろう？　だから小屋掛け芝居の役者は緞帳役者なんて揶揄されることもあるが、設備に金をかけてない分は芸でおぎなう必要があるもんだから、芸達者な役者も多いんだ」

「へぇ」

「安くていいものが見られるってんで、人も集まるのさ」

確かに以前見た芝居は、舞台が回ったりして仕掛けが大掛かりだった。役者の芸ももちろんだが、仕掛け自体もめずらしくてなかなか楽しかった。

「演目はなんですか？」

芝居小屋ならば表に大きく演目の看板が出ていそうなものだが、縁魔座はそうではなかった。満員になる前から満員御礼の立て札は出ていたけれど……。

「縁魔座は怪異譚《たん》を好んで演《や》るもんだから、大々的に宣伝はしない」

「怪異……」

「奴らしいだろ？」

こくりと香澄はうなずく。これで艶煙が突然心中物《しんじゆう》でも演じていたら、真面目《まじめ》に芝居を楽しめなかったかもしれない。

「でも、神社で怪異譚なんて演じて、怒られないんですか？」

「怨霊《おんりよう》を鎮めてその強い力で国を守ってもらおうというのは、御霊《ごりよう》信仰といって神道《しんとう》に昔からあるものだ。崇徳天皇《すとくてんのう》を祀《まつ》る白峰神宮《しらみねじんぐう》や菅原道真《すがわらのみちざね》を祀る天神社《てんじんしや》なんかが有名だろう？　だから恨み辛みの怪異譚を演じること自体に問題はないんだろうさ」

崇徳天皇も菅原道真も、どちらも有名な怨霊であり神である。そう言われてみればそういうものなのだろう。許可が出て小屋を掛けているのだから、問題がないことはたしかなのだ。

開演時刻が近づくにつれ客が増え、しだいに窮屈になってきた。隣同士が肩を寄せ合わなければならないくらいだ。周囲からひそひそと聞こえてくるのが女性の声ばかりだと思っていたが、実際、やたらと女性客が多かった。ついでに妙に視線も感じるのだが、それは香澄ではなく、久馬に向けられているようだった。女性客の中に一人、長身の男が紛れ込んでいては目立つのも当然だ。

外見もどちらかと言えば目立つほうだし。

久馬に触れないように距離を取ろうとした香澄は、壁が席であることを忘れて手を伸ばした。想像と違った感触に驚いて手を引いたが、傾いた体勢を立て直すことはできない。

「きゃ……」

よろめいた香澄は、しかし帯に回された腕に支えられて事なきを得た。周囲が何故かどよめく。

まつげの長さまで確認できるほど間近に久馬の顔を見て、香澄はさすがに慌てた。顔立ちだけは整っていると認めざるを得ない。そういえば先日、幼馴染の桜野に会いに行ったとき、彼女も久馬の顔を褒めていたことを思いだす。いやもちろん、助けてもらったことへの礼も口にしていたけれど。

「気をつけろよ」

久馬はさりげなく手を離すと、周囲の客に押されないように胸で香澄をかばった。

「え……っと？」

「どうした？」

どぎまぎしているのは香澄だけで、久馬の表情はいつもとなんら変わらない。彼にとってこれは珍しい状況でもなんでもないのだろう。

彼はきっとどんな相手にも──それが香澄のようなお転婆《てんば》であっても、やさしいのだ。

「……ありがとうございます」

何やらもやもやとしたものを感じながらも香澄は小さく礼を言って、舞台に目を向けた。ちょうど拍子木《ひょうしぎ》が鳴らされ、緞帳があがっていく。

動揺を押し殺し、香澄は芝居に集中することにした。

まず舞台に現れたのは、一組の男女だった。男は助次郎《すけじろう》、女は松《まつ》だ。

話は、松が病で死ぬ場面から始まった。

松はかつて町の誰よりも黒髪が美しいと褒めちぎられた娘だった。嫁いでからは、夫である助次郎に贈られた櫛《くし》で髪を梳《と》き、彼に褒められることに喜びを感じていた。しかし病を得て長く床についた彼女の髪からは艶が失われ、白いものが混じるようになっていた。

息を引き取ろうとする妻・松へ、助次郎は二世の契りを交わし、後添《のちぞ》えを迎えることはしないと約束する。けれど松の死後、助次郎は若く美しい妻を迎え、彼女に心を移してしまった。松は新しい妻を追いだすためにあの世から戻り、毎夜彼女の夢を訪ね、終《しま》いには取り殺してしまう。

香澄は胸の前でぎゅっと手を握った。これから松と彼女に恨まれた助次郎がどうなってしまうのか気になって、舞台から目が離せない。

新しい妻を殺した松は毎夜、今度は助次郎の前に現れるようになる。そして艶やかな黒髪で首をしめ、彼の不義理を責め続ける。悪夢のような夜が明けると毎朝、助次郎の首には女の黒髪が絡みついていた。

あまりの恐怖に見る間に痩《や》せていった助次郎の元に、彼の友人が訪ねてくる。刀を差しているところをみると、武士のようだ。なかなかの男ぶりである。

友人役の役者が舞台に登場したとたん、客席からは女性の黄色い声が飛んだ。縁魔座の人気役者らしい。

助次郎の友人は、『髪鬼《かみおに》』なる妖怪となってしまった女を切り捨てようとする。

その派手な立ち回りに、やはり女性客からは悲鳴にも近い歓声があがった。香澄が思わずびくりと肩を跳ねさせるほどの声だ。とはいえ涼しげな目元の男前で、胸がざわつくような妙な色気のある役者なので、それくらい人気があっても不思議ではない。

そして髪鬼と対決した友人は、松が求めているのは、助次郎が彼女との約束を守ることだけであると知る。それは松が助次郎を深く深く愛しているためなのだと。

けなげにも夫との二世の契りを求める松を哀れに思った友人は、彼女を手厚く弔うように助次郎へ勧める。二世を誓った仲の女をこれ以上苦しめてはならぬと言う友人の言葉に心を打たれた松は、夫がそうしてくれるならば、二度と彼の前に現れたりはしないと誓う。しかし恐怖に駆られた助次郎はかたくなにそれを拒み、結局怒り狂った松によって祟り殺されてしまった。

迫力ある松の演技に、香澄は息を呑んだ。女の情念は恐ろしい。けれどそれは彼女を裏切った夫のせいだ。

彼らを憐れんだ友人は、ふたりを夫婦《めおと》として弔い、櫛を供養しようと決める。去っていこうとする彼は、肩に女の髪が一筋、未練を残すように絡みついているのに気がつき、それをつまんで風に乗せる。そして苦く笑うと、今度こそ舞台から姿を消した。

——と、拍子木が打ち鳴らされ、緞帳が下がり、なんとも言えない後味の悪さを残して物語は終わった。

ずいぶんと、救いのない話だ。

怪談話がしたくなる夏の暑さにはまだ早く、少々肌寒《はださむ》くなった気がして、香澄は腕をこすった。その腕に松の髪が絡みついていやしないかと不安になる。

久馬はどうだったのだろうか。

ちらりと隣をうかがった瞬間、女性の悲鳴が芝居小屋を囲う莚を揺るがし、驚いた香澄は久馬の胸に飛びついた。ふたたび緞帳があがったのだ。

「えんさま――っ！」

かけられる声に舞台で応じているのは、友人を演じた役者だ。鼻筋の通った、いかにも若い娘に好まれそうな顔だちをしている。

していのだが。

えんさま？

芝居をしていない白く塗られたその顔を、なんだかどこかで見たような気がする。

「……あのぅ、久馬さん」

香澄は、周囲の女性たちの甲高《かんだか》い声に顔をしかめて耳を押さえている久馬のベストをつまんで引いた。久馬が香澄を見おろす。

「あの役者さん、どこかで見たことがあるんですけどぉ……」

まさか……。まさかである。

「艶煙じゃないか」

「ですよね！　――って、えぇ!?」

「どう見たって艶煙だろ」

いつもの三倍はきらめいて見える艶煙の姿に、香澄は頭を抱えた。

おひねりを受け取る艶煙は、笑うとやはり目が細くて、普段の顔が見え隠れする。

化粧で化けるのは女だけではないようだ。

艶煙がついと視線を香澄に向けた。同時に、彼に群がっていた女性たちのまなざしが香澄に集中する。彼女たちの瞳が、一瞬にして懐疑と羨望《せんぼう》、そして嫉妬《しっと》に彩られる。

あの小娘は誰だ。

艶様に目を向けてもらえるなんて、うらやましい。

けれどそれはすぐに逸《そ》らされた。ひらりと久馬が片手をあげたからだ。

「よう、艶煙。相変わらず満員御礼でけっこうじゃないか」

「久馬さん、来てくださって嬉しいですよ」

声をかけた久馬に艶煙が流し目で答えると、周囲の女性たちはほぅと溜息をもらす。

「今日はお友達がこられていたのね」

「いつもより素敵だったのはそのせいよ」

などとひそひそと言葉を交わす者もいれば、

「久馬さんも相変わらず格好いい方だわ」

と、久馬に対して秋波《しゅうは》を送る者もあった。

どうやら艶煙は香澄が思う以上の人気者で、久馬はその友人として知られているようだ。一般的に見て、久馬の端整な顔立ちと洋装を着こなすすらりとした体躯《たいく》は、いい男に分類されるのだろう。

とはいえ二人ともそんな視線に気づいていないのか、気づいていないふりをしているのか、お構いなく話し続ける。

「これからご一緒にお食事でもいかがですか？」

「いや、今日は艶様贔屓《びいき》のお嬢さんがたに譲るよ」

そんな二人のやり取りに、女性たちがきゃあきゃあと声をあげた。香澄としては、久馬は譲ったのではなく、面倒ごとを回避しただけのようにも思えるのだが。

久馬の陰に隠れた香澄は、心の中で「役者崩れなんて、嘘つき」とつぶやいた。


招魂社からの帰りは、人力車を使わずに歩くことにした。日傘をさして歩けば日差しの強い昼時のこの時間でも、陽気は悪くない。

「役者崩れだって言ってたのに。あんなに人気だなんて……」

香澄はぶつぶつと文句を言いつつ久馬と歩きながら、先ほど見た艶煙の意外な姿をふり返った。

開いているのかどうなのか悩んでしまうくらいの細い目で、お金もないのにいつもふらふら、軽薄なことを言って歩いているだけだと思っていたのに、まさかの人気役者だったとは。驚きを通り越して、なんだか現実味がない。

「人気役者といっても、贔屓は庶民の娘さんで、大店の奥方《おくがた》のような景気のいい客はそうはいないけれどな」

「おひねりの金額は少なくても、たくさんの女の子にちやほやしてもらってるんでしょ？」

「どうした。おまえもちやほやしたくなったのか？」

「まさか！　私の中では『艶様』じゃなくてあくまでも目が細くって狐顔でいつもへらへらしてて軽いことばっかり言ってる『艶煙さん』ですよ」

いまさら艶煙に対して黄色い声で悲鳴をあげようとは思わない。だいたい役者と言えば、いまはやはり九代目市川團十郎《いちかわだんじゅうろう》である。

そんなことを話しながら、かつての江戸城の外堀に沿って歩いていると、ふいに久馬の足が止まった。彼のまなざしは行く手に向けられている。

五人ばかりの洋装の若者が、絣《かすり》の着物を着た少女を囲んでいた。胸に荷物を抱えた少女は怯えた様子だが、それでも懸命に若者たちへ何かを訴えているようだ。

「やだ、何してるのよ」

香澄は思わずつぶやいた。

道を行く人々は顔をしかめながらも足を止めることなく、見て見ぬふりで通りすぎる。さもいつものことであるかのようだ。

「どこの馬鹿どもだ」

舌打ちをした久馬が「ここで待ってろ」と言い置いて駆けていく。

「久馬さん!?」

追っていっては役に立つどころか邪魔をしかねない。けれど相手は五人だ。さすがに大丈夫《だいじょうぶ》だろうかと心配になる。

香澄は彼の後を追い、少しだけ距離を置いて見守ることにした。

囲まれた少女は何かを取り戻そうとしているのか、向かい合った若者が高くあげた手へ懸命に腕を伸ばしている。その細い手首を十代後半と思われる別の若者が背後からつかんだ。

「放してください！　返して！」

「おまえのような平民には華美にすぎるだろう」

「代わりに金をくれてやると言っているだろうが」

「お金なんていりません！　返してくださいっ！」

どうやら若者が手にしているのは少女のかんざしのようだ。結いあげた髪が乱れるのにもかまわず、彼女は暴れてそれを取り返そうとしている。

駆け寄っていった久馬が、嫌がる少女を囃《はや》したてている若者たちの一人の襟首をつかみ、そのまま地面に放り投げた。

「うわぁっ！」

間抜けな声をあげて背中から転がった若者には一瞥《いちべつ》もくれず、久馬は輪の中に踏み込んで、少女の手首をつかんでいる若者の腕をつかんだ。驚いたように少女を放したその腕をねじりあげる。

「ぎゃぁっ！」

「おい、糞餓鬼《くそがき》ども」

ぎりぎりと背中に腕を押しつけられた若者は、一声あげたきりうめくこともできないでいる。みるみる脂汗がにじんでくるのをみれば、そうとうな痛みに耐えているようだ。

「な、なんだ、貴様は！」

突然現れた男に、残りの三人がうろたえたように後じさる。その真ん中で、かんざしを手にしている一人は、やたら身なりがよい。

思ったよりも喧嘩の強い久馬に、香澄は思わず見惚《みと》れた。普段ふらふらしている彼から想像できなかったが、そういえば久馬は剣術の免許皆伝だと弥太郎が言っていた。刀を持たなくとも、ちんぴら程度、軽くあしらえるのだろう。

「か弱い娘さん相手に五人がかりとは、お里が知れるな」

「なんだと、貴様っ！」

「おっと」

殴りかかってきた若者の拳を軽々とよけ、よろめいたその背中へ、久馬は腕をねじりあげていた若者を突き飛ばす。二人そろって地面に転がった彼らは、悪態をつきながら立ちあがろうと顔をあげたが、久馬を見あげて青ざめた。

「……っ！」

「痛い目を見たくなければ、とっとと失《う》せろ」

久馬がどんな表情をしていたのか香澄からは見えなかったが、きっと恐ろしい顔をしていたに違いない。

地面に尻をついたままの若者たちが、かんざしを手にした若者に判断を仰ぐように目を向けた。周囲には野次馬も集まり始めている。

「行くぞ」

短く命じられた彼らは、先に背を向けた若者の後を追って、逃げるように早足で去っていった。香澄は急いで久馬に駆け寄る。

「久馬さん、お強いんですね。ちょっと見直しちゃいましたよ」

「おまえな。もっと言うことがあるだろうが」

「大丈夫でしたか？」

「ああ、俺は……」

傍《そば》に立っていた少女が突然よろめき、久馬が慌てて彼女の身体を支えた。よほど恐ろしかったのか、彼女は久馬のベストにすがりつくようにして、がたがたとふるえている。

「大丈夫？　怖かったわよね。でももう平気よ。あの糞餓鬼どもなら行っちゃったから」

「おい。若い娘が糞とか言うな」

口うるさいばあやのような彼の小言を香澄は聞き流した。今は彼に文句を言うよりも、ふるえる少女を慰めるほうが大事だ。

「もう大丈夫よ」

「は、はい……」

顔をあげた少女の涙をためた瞳が、声をかけた香澄ではなく久馬に釘付《くぎづ》けになった。

「怪我はないか？」

「あ、ご、ごめんなさい」

久馬に問いかけられた彼女は、見る間に頬を赤らめるとぱっと彼から離れた。その拍子にふらついた彼女を今度は香澄が支える。

「どこか痛い？」

大きな目が可愛らしい少女だ。年のころは香澄と同じか、それよりも幼いくらいに見える。つかまれていた彼女の手首には赤い痕《あと》が残っていた。早く冷やさなくてはならない。

手巾《しゅきん》をだしていると、香澄の腕につかまっていた少女が小さくつぶやいた。

「か、かんざし……」

「かんざし？」

言葉を繰り返すと、少女は浅くうなずいた。

「お母様のかんざし、形見のかんざしを……とられたんです」

必死な眼差しで香澄を見あげる彼女の頬を涙がこぼれ落ちる。先ほど妙に身なりのよい若者が取りあげていたあのかんざしのことだ。

彼女が訴えることを理解した香澄は思わず叫んだ。

「形見なの⁉」

母親の形見を盗《と》られたなどと、香澄に許せることではなかった。香澄は幼いころに母を亡くしている。もはや記憶はおぼろげだけれど、優しい思い出のよすがとして、母の形見は何よりも大切なものだった。

少女が盗られたのは、そんな大切なものだったのだと言う。

ほろほろと涙をこぼしながら、何度も何度もうなずく少女の肩を抱いて、香澄は久馬を見あげた。彼ならばなんとかしてくれるだろうと勝手に期待する。かんざしを取り返さずに彼らを追い払った久馬も悪いのだし。

久馬は帽子を被《かぶ》り直しながら溜息をついた。

「とりあえず行くぞ」

彼は短く言って、香澄と少女についてくるように手をふった。

久馬が香澄たちを連れていったのは、巡査の交番所だった。

「仕事中にすまんな。いてくれてよかったよ」

久馬の呼びだしに応じて現れたのは、彼とさほど年齢の変わらない青年だった。久馬よりわずかに背は低いが、がっしりとした体つきで、巡査の制服と腰のサーベルがよく似合っている。

「おまえから訪ねてくるとはめずらしいな」

帽子の庇《ひさし》に軽く手を触れて挨拶した彼に案内されたのは、簡素な机と椅子があるだけの部屋だった。香澄は勧められた硬い椅子に、先ほど助けた少女と並んで座った。

青年は香澄たちの向かい、久馬の隣の椅子を引いて腰をおろした。やさしく落ち着いた眼差しを向けられた香澄は、なんとなくどこかで見た顔のような気がして、内心首をかしげる。初対面のはずなので気のせいだろうけれど。

愛想笑いを浮かべた香澄に、久馬が青年を紹介する。

「こいつは松野《まつの》勝之進《かつのしん》。見てのとおり巡査だ。俺の母方の従兄《いとこ》でな」

「あ、だから……」

香澄は思わずつぶやいて、久馬と勝之進の顔を見比べた。

「どこかで見たような気がしたんです」

眼差しの雰囲気は違うが、久馬と目元がよく似ているのだ。口元はあまり似ていないので、笑うと感じは違うけれど。

「よく言われるんだよ」

勝之進はほほえんで、香澄と先ほど若者たちに絡まれていた少女を順に手で示す。

「こちらのお嬢さん方は?」

「こいつは俺の職場で働いている井上香澄。こちらは……」

まだ目元を赤くしている少女が、小さく名乗る。

「三羽美幸《みわみゆき》です」

美幸は半ば隠れるようにして、香澄の袖にすがりついたままだ。相手が巡査でも、男性が怖いのかもしれない。

そんな美幸の代わりに久馬が説明する。

「この近くで素行のよろしくない餓鬼どもに絡まれていたところを助けたんだ」

久馬の言葉に勝之進の表情がわずかにくもった。それを見逃す久馬ではない。

「警邏《けいら》が足りていないんじゃないのか? そのとき、かんざしまで盗まれているんだぞ」

ぐっと唇を引き結んだ勝之進をさらに追及する。

「心当たりがあるようだな?」

勝之進は諦《あきら》めたように溜息をつくと、部屋の外に漏れるのを恐れるように声をひそめて答えた。

「——とある華族《かぞく》の子息とその取り巻きだ」

「おおかたこれまでも、届けがあっても手がだせなかったといったところか」

「うむ」

忌々《いまいま》しげに肯定した勝之進は、落ち着かなさげに帽子を被り直す。

彼自身、それをよしとは思っていないようだが、どうすることもできないのだろう。相手は華族。彼は一介の巡査だ。けれど美幸は怖い目に遭い、大事な母親のかんざしまで盗られたのだ。そんなときこそ、警察の出番ではないのだろうか。

香澄は我慢できずに勝之進へ詰め寄る。

「それじゃあ、泣き寝入りしろってことですか⁉　美幸さんはお母様の形見のかんざしを盗られているんですよ⁉」

「それは気の毒に思うが」

歯切れ悪く応じる彼に、久馬が鼻を鳴らす。

「組織の下っ端というのは、感情だけで動けるものではないのさ」

「ぐう」

勝之進は反論することなく、ただ呻《うめ》いた。久馬は身を乗りだして、小声で従兄に問いかける。

「その餓鬼、名はなんという?」

久馬の問いかけに、勝之進は不審げに眉を寄せた。

「何をするつもりだ」

「今後のために聞いておくだけだ」

彼の言葉を信じたわけではないだろうが、美幸を助けることができない後ろめたさもあったのか、しばし間を置いてから勝之進はその名を口にした。

「高梨実篤《たかなしさねあつ》だ」

「高梨……。そうか」

名前を聞きだせただけで満足したのか、久馬は思いのほかあっさりとうなずく。対して勝之進は不安そうに彼の表情をうかがった。

「手をだすなよ」

勝之進は久馬の裏稼業について教えられてはいないだろう。けれど久馬がなにがしかよくないことを考えていると察したようだ。

「華族に恨みを買うような馬鹿な真似《まね》はせんよ」

久馬は軽く笑ってそう言ったが、香澄にはとても信じられなかった。絶対に何か悪いことを考えているに違いない。そういう顔をしている。

久馬は立ちあがると帽子を被り、「帰るぞ」と短く言って部屋を出ようとした。香澄たちもそれに続こうとしたが、背を向けた久馬を勝之進が呼び止める。

「なあ、久馬！」

「なんだ？」

「その、だな」

呼び止めたものの、戸惑いげに言葉を途切れさせる。

「高梨家のことか？」

「いや……」

どうやら高梨実篤についての話ではないらしい。

何か言いにくそうに口ごもる従兄を見て、久馬は首をかしげた。

「どうした。らしくないな」

「…………」

話そうか話すまいかしばし悩んでいたが、香澄たちを見て、今この場で話すべきではないと考えたのか、彼は結局首を左右にふり、力なく続けた。

「またいずれ、話しに行く」

そして何事もなかったかのように笑うと、久馬の肩を叩いた。

「頼むから高梨家に手をだすようなことはしないでくれよ」

「安心しろ。昔、袖の下を持ってきたことがある家だ。脅しの材料なら十分ある」

「おまえ……！」

「わかった、わかった。おまえが教えたとは誰にも言わぬよ」

「おい！」

久馬は焦る勝之進に愉快げに笑う。そして、

「じゃあ、またな」

手をあげて勝之進へ別れを告げた彼に続き、香澄は美幸の背中に手を添えて、交番所を後にした。


「ひどくないですか⁉」

交番所を出た香澄は、先ほどの出来事について落ち着いて話すため、美幸も誘って三人で小料理屋にやってきていた。そして煮物と焼き魚の皿を前にして、向かいに座

った久馬へ力強く訴える。久馬は焼き魚の身をほじっているが、香澄は怒りが収まらずに空腹を満たす気にもならなかった。

「美幸さんはかんざしを盗られたんですよ！　つまり泥棒じゃないですか！　それなのに警察が何もしてくれないなんて！」

「平民が手をだせる相手じゃないんだ。仕方ないだろうが」

「でも、納得できません。お母様の形見なのに」

くっと香澄は唇を噛んだ。

悔しい。とにかく悔しかった。

自分が美幸の立場だったら、門前払いを食らうことがわかっていても、高梨家に乗り込むくらいのことはきっとしただろう。

当事者の美幸はといえば、まだ目元は少し赤いが、落ち着きを取り戻した様子だった。けれど彼女の膳《ぜん》も箸《はし》がつけられていない。

香澄の隣で、美幸は申し訳なさそうに頭をさげた。

「ありがとうございます、香澄さん。私のためにそんなに怒ってくださって」

「だって……」

香澄はうつむいて、膝の上で拳を握った。

「私のお母様も、子どものときに亡くなったから……」

だから、母の思い出というものにこだわってしまうのだ。

「とにかくおまえは飯を食え。腹が減ると機嫌も悪くなるもんだ」

「別にお腹《なか》が減ってるから怒ってるわけじゃありません」

「あんみつもつけてやるから」

「それ、久馬さんが食べたいだけでしょ！」

久馬はひらりと手をふって店の女中を呼ぶと、あんみつを三皿注文した。美幸が慌てた様子で、ぺこりと頭をさげる。

「私の分まで、ごめんなさい」

「気にしなくてもいい。あんたが無事だったお祝いだ」

ちらりと笑った彼に、美幸が頰を染めた。

なんだか今日は、こんな反応をする女性ばかりを見ている気がする。けれど久馬に驚きも照れもないところを見ると、見惚れられることなど慣れているのだろう。人生に一度くらい男性に見惚れられたいものだ。しかし十人並みを自負する香澄にそんな機会を想像することはできなかった。

「どうした、不細工な顔して」

「もともとこういう顔ですよ」

むぅと膨れた香澄は、箸を手にして彼に問いかける。

「美幸さんのかんざしですけど、なんとかして取り返せませんか？　ほら、久馬さんの悪知恵で」

久馬ならば例の裏稼業の方法で、かんざしを取り返せるのではないかと思う。本来、香澄が頼むべきことではないだろうが、美幸は久馬が裏でこそこそ悪さをしていることを知らないのだ。ここは自分が一肌脱ぐしかない。

「おまえ、俺のやる気を削《そ》ごうとしてるだろう」

味噌汁《みそしる》を一口すすった久馬は、改めて美幸へ目を向けた。

「失礼なことを訊くが、盗られたかんざしは値の張るものだったのか？」

「値段のことはわかりませんが、珊瑚《さんご》のかんざしですから、安くはなかったと」

「それならば、捨てることはないかもしれない。捨てられてさえなければ、取り返すこともできるかもな」

たしかにかんざしそのものが捨てられ、なくなってしまっていては、取り返しようがない。

食事を終え、煙草をくわえた久馬は、しばし視線を宙にとめて考え込む。香澄たちが後ればせながら料理に手をつけつつ待っていると、彼は煙草の火を灰皿で揉み消してから口を開いた。

「お嬢さん、二度と髪に挿して歩けなくなってもいいかい？」

「え……？」

「大事な形見として、部屋でながめることしかできなくなっても、かまわないか？」

久馬の再度の問いかけに、その言葉の意味を理解して、美幸の表情が輝く。

「はい！　手元に戻るなら、それだけで……！」

「あの場でかんざしを取り返さなかった俺も悪いしな」

「ありがとうございます！」

ふたたび泣きだしそうになりながらも礼を言う美幸に住所を訊き、その日はひとまず解散となった。


「なぁ、おまえさ。昨日《きのう》の艶煙の芝居、どうだった？」

芝居見物に行った翌日、新聞社の机で郵便物の仕分けをしていた香澄は、久馬に声をかけられて手をとめた。久馬は自席で、片手に妖怪の本、もう一方の手に筆を持って顔をしかめている。

「どうって、なんだかこう、すっきりしない終わり方で、まだもやもやしてますけど」

「怖かったか？」

「そうですねぇ」

香澄は毎朝櫛に残される黒髪をつかんで恐怖に打ちふるえていた役者の演技を思いだす。

髪は手に絡みついて離れないときがある。自分の髪ならばうっとうしいだけだが、他人の髪だったらどうだろうか。髪の毛というだけでも気味悪く感じるというのに、自分を恨んでいる女の髪だ。

暗闇《くらやみ》に支配される夜にそれで首を絞められた挙げ句に、日が昇って明るくなってまでも、それが夢や幻ではなかったのだと訴えるように黒髪が残されている。まるで髪自体が怨念《おんねん》であり、絡みついてくるように感じられるのではないだろうか。

小物としては手の込んだものではないが、恐怖への効果は抜群だ。

「髪の毛ってところが怖いですし、気味が悪いですよ」

久馬は本をぱらぱらとめくりながら、紙に『髪鬼』と書きつけている。

「昨日の芝居見物の話ですか？」

横から弥太郎が問いかけてきたので、香澄はこくりとうなずいた。

「気味の悪い怪談物だったんです」

「艶煙さんの芝居ですもんね」

彼はさもありなんと香澄に同意すると、久馬へ得意げに話しだす。

「久馬さん。女の子と出かけるのに縁魔座の芝居は駄目です。あそこはいつも妖怪だ怨霊だって話でしょう？　もっと女の子が好きそうな演目じゃないと」

「おまえが言っても説得力はないが」

他事を考えている様子で視線を机に向けたまま、筆の頭でこめかみを掻きながら応じた久馬に、弥太郎はばたりと机に伏せた。

「どうせ私は久馬さんみたいにもてませんよ！」

「じゃあ、夜中に女の幽霊が訪ねてくるってのはどうだ？」

「そんなの嫌に決まってるじゃないですか。私がもてたいのは生身の女性です！」

がばりと顔をあげてきっぱりと宣言した弥太郎へ、久馬が憐れみのこもった視線を向ける。そしてそのまま顎で香澄を示した。

「だからおまえはもてないんじゃないのか？」

その生身の女性の前で宣言してしまう間抜けさ……いや、正直さが彼のもてない要因だと久馬は言いたいのだろう。

なんとも情けない表情を弥太郎に向けられて、香澄は愛想笑いを浮かべた。否定できない。

久馬は溜息をつくと立ちあがり、帽子を手にとる。

「またサロンですか？」

「外出だ」

すっかりまたサロンで昼寝かと思っていた香澄は、ひょいと眉をあげてしまった。

「その顔」

久馬に指摘されて慌てて両手で顔を隠す。

「おまえは少し、本音を隠す努力をしろ」

そう言い残して出ていった久馬の背中を、香澄は思いっ切り舌をだして見送った。

かんざしを取り返すと美幸に約束してから三日後、香澄は久馬と共に以前も来たことのある蕎麦屋にいた。もちろん仲間である艶煙も合流している。

艶煙は畳に腰をおろすなり、香澄へ話しかける。

「いやぁ、香澄さんが芝居を見にきてくださるなんて、あたしはうれしくて涙が出そうでしたよ」

あまりに嬉しそうな顔をするので、まさか芝居ではなかろうかと疑ってしまう。

「私が行く必要なんてありましたか？　役者崩れなんて言って、人気者だったじゃないですか」

「あたしは香澄さんが見にきてくれたことが嬉しいんですよぅ」

ご機嫌とりではなく本心から喜んでいてくれるのならば香澄としても嬉しいし、あんなに人気だった艶煙に言われれば悪い気もしなかった。

「それに嘘をついたつもりはありません。小屋掛け芝居の役者は常打ち小屋の役者に比べたら役者崩れみたいなもんなんですよ」

芝居のうまさでは引けを取らなかったように思えたが、一般的な見方ではそう言われてしまうものなのだろうか。

「なんてね。あたしは役者なんて大見得《おおみえ》切って言うほどのもんじゃないってだけです」

「いきですね」

人気におごることなくさらりと言ってみせた艶煙が、少しだけ格好よく見えた。

話が一区切りついたところで、久馬が向かいに座った艶煙に問いかける。

「高梨実篤については調べがついたのか」

「はい、もちろん。かつては大名、今は華族様の子息で、一九歳。以前の中屋敷《なか》で暮らしているようです」

この三日間で調べはついているらしく、艶煙は煙管に火をつけながらすらすらと答えた。

中屋敷というのは、江戸にあった大名の屋敷のうち、城から二番目に近いもののことだ。最も近い屋敷を上屋敷《かみ》、その他を下屋敷《しも》と呼ぶ。国元へ帰った藩主も多く、手放され、現在は空き家となっている屋敷も多々ある。

艶煙は煙管の煙をくゆらせながら喉を鳴らして笑った。

「そりゃもうなかなかのうつけらしく、ご当主も手を焼いておられるようです。何を言っても馬の耳に念仏だとか」

「お気の毒なことだ」

さほど気の毒に思ってもいない口調で久馬が言うと、もっともだと同意するように艶煙もうなずいた。

「女中に手をつけるわ盗みを働くわ。ご家令《かれい》が、毎度毎度金で話をつけにいっているそうです」

「まったく、都合の悪いことは金で始末をつけようとするところは、昔から変わっていないんだな」

久馬の言葉に香澄は目をまたたく。

「昔、高梨家からの賄賂《わいろ》を受けとったって本当だったんですか？」

「ああ」

すっかり勝之進に対する冗談だと思っていたのだが、事実だったらしい。

美幸のかんざしについても、高梨家に乗り込めば、金で解決されることになったのかもしれない。母親の形見は金で買えるものではないのに。

主人の命令であれば仕方のないことなのかもしれないが、実篤のために話をつけにいくという家令も家令だ。高梨家の人々は、そんなことを想像することもできなくなっているのだろうか。

なんでも金で話がつくと思っているからこそ、実篤は増長するのだろうに。

「それで、高梨家の協力者には会えたんだな？」

上着の内ポケットを探りながら訊ねた久馬に、艶煙は煙を吐きながらうなずく。

「久馬さんが間を取り持ってくださったので、滞りなく」

「協力者？」

香澄は彼らの会話に首をかしげた。

協力者とはつまり、浅田屋で幽霊画を差し替えていたお内儀の多恵のような立場の誰かのことだろう。

「もしかして、昔の賄賂の件でその人を脅して協力させたとか？」

「おまえな。話し合いは至極平和的に終了したぞ」

「話し合いって、久馬さんが？」

依頼人や協力者など、人と接する役目は艶煙が担っていると思っていた香澄が素直に驚くと、久馬が目をすがめた。

「おまえは俺がこの三日間、何をしていたと思ってるんだ」

「……艶煙さんだけを働かせて、妖怪の本を枕に、昼寝していたのかと」

これまでの彼の職場での行動を思い起こして正直に答えると、艶煙が吹きだした。

「久馬さん、本当に信用がないですねぇ」

「おまえらな」

恨みがましい目つきで、久馬は何やら書き付けた紙を卓の上に置き、ぱしぱしと叩いた。

「俺だってこの筋書きのために、協力者と連絡をとったり調べ物をしたりしていたんだ！」

その紙を覗《のぞ》いてみれば、実篤からかんざしを取り戻すための役割が事細かに書き記《しる》されている。どうやら香澄の見ていないところで、久馬はしっかり働いていたらしい。

「だからその不細工な顔をやめろ」

隠し切れなかった驚きが顔に出ていたようだ。一応感心も少しだけしていたのだけれど、そちらに関しては気づいてもらえなかった。

「だからもともとこういう顔なんです」

ごしごしと手の甲で頬をこすってから、香澄は彼に問いかける。

「それで、美幸さんのかんざしは取り返せそうなんですか？」

「かんざしが無事ならな。あとはこの台本に書いたとおりだ」

香澄は自分の役目を探して、久馬に似合わぬ流麗な文字を目で追った。

誰が何をするのか、必要な物をどこで調達するのか、疑問を差しはさむことができないほどきっちりと計画は立てられている。普段の怠けた様子からは想像できない几《き》帳面《ちょうめん》ぶりだ。

蕎麦が運ばれてくるまで一服するつもりなのか、煙草の箱を取りだした久馬に香澄は呼びかける。

「久馬さん」

「なんだ？」

「私の勘違いじゃなければ、久馬さんの役割が少なくないですか？」

「それがどうした」

協力者と共に仕掛けをするのは艶煙。仕掛けに必要なものをそろえるのも艶煙。香澄の役目も多くはないが、久馬の役割も同じくらいに少ない。

やっぱり怠け者なのではないかと思っていると、艶煙がさも気の毒そうに口を開く。

「香澄さん。久馬さんは吃驚仰天の大根役者なんです。できるだけ芝居には関わらせないほうがうまくいくんですよ」

そういえば、以前もそんなことを言っていたか。

だが、そんなに下手くそならば逆に見てみたい気もする。本当に下手だったら、指を差して笑ってやるのだ。けれど美幸のかんざしを取り返すことのほうが優先事項である。残念すぎる。

「今回は我慢します」

本音を隠してうなずくと、久馬が横目で香澄をうかがった。

「おまえ、指を差して笑いものにする気だろ？」

「どうしてわかったんですか⁉」

心の声はもらしていないはずなのだが、と、香澄が胸に手を当てると、久馬が頭痛を耐えるように額を押さえた。

かまをかけられたようだ。うっかり肯定してしまった。

久馬は盛大な溜息をつくと、燐寸で煙草に火をつける。

「筋書きを考えるのが俺の役目だ。とやかく言うな」

ぴしゃりと香澄の文句を封じた久馬へ、艶煙が背筋を伸ばして胸を張る。

「久馬さんが新聞社のサロンで惰眠をむさぼっている間に、この艶煙、実篤様を追い詰めてみせましょう」

「艶様、格好いい」

香澄がぱちぱちと手をたたきながら合いの手を入れると、調子に乗った艶煙が身体をくねらせる。

「もっと褒めてくださっていいんですよぅ」

二人で盛りあがっているところへ、注文した蕎麦が運ばれてきた。

「さっさと食って、さっさと行け！」

久馬に叱《しか》られた艶煙が首をすくめる。香澄がそれを真似てみせると、久馬はますます不機嫌になった。

そんな彼の様子が子どものようでおかしくて、そして少しだけ可愛らしくて、香澄は艶煙と顔を見合わせて笑ってしまった。

◆

真夜中のこと、高梨実篤はふと目を覚ました。

衣擦《きぬず》れの音が聞こえる。

雨戸が閉《た》てられ、暗闇となった廊下と寝所を隔てる障子が、何故かぼんやりと明るい。

こんな時刻に、一体誰がやってきたというのだろうか。訪ねてくる者に心当たりはない。

彼は起きあがると、障子の向こうへ声をかけた。

「村中《むらなか》か？」

もしかしたら家令の老人が、火急の用でやってきたのかもしれぬと思ったのだ。しかし返事はなく、衣擦れの音だけがゆっくりと近づいてくる。

気味が悪い。

「何者だ」

誰何《すいか》する声がわずかにふるえた。

衣擦れの音が止まり、明かりだけが障子の向こうでゆらゆらと揺れる。

「何者だ!? 人を呼ぶぞ!」

実篤は布団から出てじりじりと障子から遠ざかると、床の間に飾られた刀を手にした。生まれてこの方抜いたことはないが、威嚇《いかく》には十分だろう。もし相手が屈強な賊であったら、人を呼んで戦わせればよいだけのことだ。

ふと明かりが動き、人影が障子に映った。細い身体に長い髪を垂らしている。

「なんだ、女か」

ほっと息をついてつぶやいたと同時に、ふつりと明かりが消えた。周囲は一瞬にして暗闇に支配される。

「おいっ!」

部屋の隅で小さくなったまま声をかけるが、返る声もなければ、衣擦れの音さえも聞こえない。誰かがまだそこにいるのか、いないのかもわからなかった。

長い時間――いや、もしかしたらほんの短い時間だったのかもしれない――実篤は動けないままに見えない障子をにらみつけていた。そしてやっと気持ちを奮い立たせ、けれども立ちあがることはできず、這《は》いずって障子に近づく。

しっかりと刀を抱えたまま、恐る恐る手を伸ばし、障子を開けた。左右を確認し、安堵《あんど》の息をつく。

誰もいない。

もしや、ただ寝ぼけただけだったのだろうか。

こんなことを話せば、村中であれば「正しい生活を送れていないからでございましょう」と小言のひとつも言いそうだ。

ともあれ人を呼ばなくてよかった。怖い夢でも見たのだろうと、嗤《わら》われるところだった。

怯えた自分を笑い、実篤は布団へ戻ろうとした。しかしその指先に何かが触れる。

細い、糸のような。それにしては手触りはすべらかで。

「あ……？」

そろりと床に手を這わせ、彼はそれを――その束をつかんだ。

「う……、うわぁぁぁっ！」

自分のつかんだものの正体に思い至った彼は、それを投げ捨てた。けれどしっとりと湿ったそれは、指に絡まってなかなか離れてくれない。

「くそ！　なんなんだ！」

ふり回した手を寝間着の裾《すそ》でこする。

床に落ちたのは、艶やかで長い、女の髪だった。


それからというもの、毎日深更となると、実篤の寝所へ何かがひたひたと近づいてくるようになった。ゆらゆらと揺れる淡い明かりは気味が悪いほどにゆっくりと近づいてきて、髪の長い女のような姿を障子に映しだす。

これでもう、五日目だ。

今夜も気配に気づいた実篤は、掛布を頭からかぶった。

それは、何を言うでもない。何をするでもない。

ただやってきては、実篤の寝所の前に黒髪だけを残していく。

初日こそ障子を開けた。けれどそこに髪が残されている以外何もないことを確認してからは、明かりが去っていき、朝日が昇るのを掛布にもぐって待つようになった。何もしない。目的がわからない。だから余計に気味が悪い。

今夜もそれは部屋の前までやってくると、実篤の気配をうかがうようにしばしの間その場にとどまっていたが、結局障子を開けることなく去っていった。けれどきっと黒髪だけは、やってきた証《あか》し立てをするように残されているのだろう。

気配が遠のいても部屋から出ることはできなかった。薄い障子一枚隔てた向こう側が、まるで異界のように思える。

明けないのではないかと不安になるほど長く感じる夜を、浅い眠りで乗り切り、雨戸の隙間《すきま》から日が差し込んだのを確認してから、実篤はやっと布団を出た。恐る恐る障子に近づき、そっと開く。

寝室の前の廊下に、女の黒髪が一房、蛇のようなうねりを描いて落ちている。

「……っ！」

実篤は障子を開けたその姿のまま硬直し、息を呑んだ。

黙して語らず、けれど何かを訴えるように髪だけが残されている。

触れていない黒髪が体に貼りついてはがれないような、そんな気持ち悪さに支配される。足元から背筋へと、恐怖が這い上ってくる。

実篤は黒髪から目をそらした。

「誰かあれ！」

呼べば、すぐに家令と女中がやってきた。五日目のことともなれば、彼らの顔に驚きはない。初めこそ悲鳴をあげた中年の女中は、今朝は朝日が昇るとともに呼びだされたことに面倒くさそうな顔をしている。髪ごとき、と思っているのかもしれない。

「どうされました？」

すでにお仕着《しき》せを身につけた家令の村中が実篤に問いかけている間に、女中が雨戸をあけた。朝日が差し込み、黒髪の全容が明らかになる。

一房の髪。長く櫛を通していないのか、絡まりあっているのがさらに不気味だ。

「これを片づけろ」

廊下から目をそらし、実篤は命じた。家令は溜息をつくと、女中へ目配せする。

「これでもう五日目ですな」

彼は、黒髪を手ぬぐいで包むようにして拾いあげる女中を見ながら言った。

「昨夜も見回りをさせましたが、何者も現れなかったと報告がありました。まさか、物《もの》の怪《け》の類《たぐ》いでは……」

髪が残されるようになって二日目に、村中へは屋敷の見張りをするように命じてあった。真面目な彼は実篤の命令に従い、夜間の警護を置いたらしいのだが、怪しい人影を見たという報告はこれまでになかった。では一体誰が髪を置いているというのだろうか。毎夜たしかに不審な明かりが近づいてくるというのに。

「物の怪など……」

いるはずがないと思いながらも、いないとはっきり言い切ることができない。物の怪でないならば一体、何が起こっているのか問われても答えに困る。

もしや誰かが、悪戯《いたずら》の仕返しにやってきたのだろうか。面白半分に平民をからかったことは多々ある。しかし高梨家の跡継ぎである自分に仕返しをできる者などいるはずがない。そもそも、屋敷までやってくるような者には、この家令の老人が金を渡しているはずだ。夜中に忍び込んで実篤の寝首をかくよりも、誰だって黙って金を受けとることを選ぶだろう。

金さえあれば何をしても許される。世の中はそういうものなのだ。

こうして悶々《もんもん》と考え込んでいても答えは出ず、気はふさぐばかりである。

気味の悪い出来事など忘れてしまうためには、気晴らしが必要だ。弱い者が怯え、許しを請う姿を見れば、気も晴れるだろう。

実篤はいつもの取り巻きを連れて出かけることに決めた。

「食事を終えたら今日も出かける」

「いつもの辺りへ？」

「ああ。そうだ」

着替えて朝食を終えた実篤は、呼びだした取り巻きたちと合流すると、屋敷を後にした。虐げることのできる相手を探して町を歩く。

ここ数日、道行く人々の中に庶民の女が増えていた。取り巻きの話によれば、九段の招魂社に芝居小屋が掛かっているらしく、そのためだろうという。

小屋掛け芝居など華族が見るようなものではない。だが人の集まるところには、実篤の嗜虐心《しぎやくしん》をあおるような者——つまり彼よりも無力で貧しい者も集まる。

「今日も芝居はやっているのか？」

「さあ、どうでしょう。確認してきましょうか？」

「いや、べつに構わん」

芝居自体に興味はないのだ。また虐げる相手を探すために、わざわざ九段の急坂を上ってまで招魂社に行く気もない。坂の下をふらつくか、場所を変えるか決めたいだけだった。

すると取り巻きの一人が、思いだしたように口を開く。

「なんでも女の妄執《もうしゅう》ものだそうですよ。気味が悪いと聞きますが、何故だか評判だそうです」

「ふん。女など……」

「たしか、『髪鬼』という妖怪になった女の話だとか」

　実篤の背筋を冷たいものが走り、全身に鳥肌が立った。脳裏に、絡まりあった黒髪がよぎる。

「髪……⁉　髪の毛のことか⁉」

　足を止め身を乗りだした実篤の剣幕に驚いたのか、芝居の内容を説明した青年は、わずかに身を引きながら答える。

「は、はい。その、女の恨みが宿った髪が妖怪になったとか、そういう話だと、うちの若い者が話してましたが」

「………………」

　この五日間の出来事が一瞬にして頭の中で繰り返され、冷や汗が流れ落ちる。

　まさか本当に、髪を残していく妖怪がいるとでもいうのか？

「ど、どうかしましたか？」

「……なんでもない」

ひんやりと張りつくシャツの不快感に顔をしかめ、実篤はふたたび歩き始める。早く。早く忘れてしまいたい。

あんな髪を残していくなど、ただの……。

誰かの悪戯？　そんなことをする者が屋敷にいるだろうか？

では仕返しか？　いや、仕返しに来られる者など――来る者など、いるはずがない。

それならば……？

考えはまとまらず、歩みが速くなる。そんな彼に声をかける者があった。

「そこを行かれる若君」

実篤はびくりとして立ち止まり、声の主へ目を向けた。それは道ばたに店をだしている占い師だった。茶渋色の頭巾《ずきん》に丸い眼鏡《めがね》をかけている。ほっと息をつき、気を落ち着かせる。自分は華族である高梨家の子息だ。一体、何を恐れているのかと。

占い師は手元で筮竹《ぜいちく》をさばきながら、細い目を笑みのような形にして実篤を見つめていた。

実篤は「ふん」と鼻を鳴らす。妖怪同様、占いなど旧時代の遺物である。これぞ嫌がらせには格好の相手だ。

「占術師か。俺は占いなど信じんぞ」

「まぁ、そうおっしゃらず、話だけでもお聞きください」

西洋から新しいものが入ってくるこの時代、占いはすでに古くさい時代後れのものだ。明治政府が暦や星の運行に従って政に口をだしていた陰陽寮《おんみようりよう》を廃し、政から卜《ぼく》占《せん》を排除したのを見てもそれは明らかである。

実篤は占い師の卓に歩み寄り、取り巻きの一人へ財布をだすよう顎をしゃくった。

「今時占いだけでは食っていけまい。金が欲しいのなら……」

「いえいえ、若君。お代は不要にございます。私がお伝えしたいことはただひとつ」

占い師はついと手をあげると、実篤の顔を指さす。

「死相が出ておりますよ」

実篤の頬から血の気が引いた。

「な、なにを言っている！　死……っ」

「最近、おなごに恨みを買うようなことをした覚えはございませんか？」

「ない！　そんなこと、あるはずが……」

「では、おなごのものを、たとえば着物や帯、櫛やかんざしなどを手にされたことは？」

ぐっと実篤は口をつぐんだ。

即座に思いだせるものといえば、平民の娘から取りあげた珊瑚のかんざしくらいだ。身の丈に合わぬものを身につけていたので、立場を思い知らせてやろうと軽い気持ちで声をかけ、取りあげたものだ。それを覚えていたのは、楽しみを邪魔されたからだ。だがあれは、平民でありながら高価そうなかんざしを挿していた女のほうが悪い。それにもう、あのかんざしは手元にないのだ。取り巻きの一人が女に贈りものを考えていると耳にしたので、くれてやってしまった。

「実篤さん……」

怯えたように呼びかけてきたのが、まさにその一人だ。すっかり占い師の言葉を信じてしまっているのか、顔色が悪い。

「そうとうな怨念がこもったものだったのでしょうなぁ」

しみじみとつぶやいた占い師は、ふと視線をさげ、実篤の肩に目を向ける。

「ほら、ごらんなさいませ」

肩に触れた手が離れ、何かが実篤の鼻先へ突きつけられる。

「女の怨念が絡みついておりますよ」

そう言った占い師の指先には、長い黒髪が一筋つままれていた。

◆

日陽新聞社のサロンへおりていき、室内を見渡した香澄は、長椅子の肘掛けからひょっこりと飛びだしている脚を見つけて歩み寄った。

「久馬さんっ！」

「なんだよ」

探し当てた久馬は、眠そうな顔の下半分を、胸に置いていた帽子で隠す。

「また怠けてるんですか⁉」

久馬はちょっと目を離すと、すぐにサロンでごろごろし始める。しかも何かと言い訳をして、自らを正当化しようとするので質《たち》が悪い。

「何を言っている。こうしてサロンで会話を盗み聞きするのも、大事なネタ探しのひとつ……痛っ！」

香澄はぴしゃりと久馬の額を打った。

「寝てたじゃないですか」

にらみつけて言えば、久馬は額を撫でながら起きあがった。サロンに集まった面々が、そんな光景にやんやと騒ぐ。

「おお、手厳しいな、香澄ちゃん」

「すっかり尻に敷かれているようじゃないか、内藤君」

「香澄ちゃん、がんがん働かせてやれよ！」

「はい！　がんばります！」

味方を得た香澄が力強くうなずけば、久馬が呻いた。

「がんばらんでいい。そしてけしかけんでください」

溜息をついた久馬は、立ちあがると大きく伸びをした。

「それで、どうした？」

「まだ寝ぼけてるんですか？　出かけるんでしょう？」

香澄は久馬の腕をつかんでぐいぐいと引っ張り、彼を新聞社のサロンから連れだした。日差しの強くなってきた中、お遣い用の菓子箱を片手に日傘を差して街を歩く。

「艶煙さんばっかり働かせて、久馬さんもちゃんと働いてください」

「最近、ずいぶん艶煙の肩を持つじゃないか」

「肩を持っているんじゃないです。事実です」

香澄たちは、ちょうど一週間前にも訪れた、九段の辺りへ向かっている。今日も実篤がその周辺をうろついていると艶煙から報せが入ったからだ。

「妖怪の本ばっかり読んでるくせに」

久馬の机の上にはいつだって妖怪関係の本が積まれているのを思いだして言えば、彼は顔をしかめた。

「俺が妖怪好きみたいに言うな」

「違ったんですか？」

「妖怪が好きなのは艶煙だ。俺は別に、こんなことをしていなければ、妖怪の本なんざ縁がなかっただろうよ」

「裏稼業のために、新聞社にまで持ち込んでるんですか？」

「俺は妖怪の記事を書いてるんだから、そういった本が机に置いてあるくらいがちょうどいいんだ。一石二鳥《いっせきにちょう》だろ」

「…………」

それはそうなのだが。

彼はどうして妖怪の記事を書くような仕事を選んだのだろうか。日陽新聞社の記事はたしかに誰でも読みやすい内容と文章になっているが、その記事すべてが政治経済に関わらない記事というわけでもなければ、妖怪の記事でもない。

普段から妖怪記事を書いていれば、裏稼業に都合がいいからなのか。

「久馬さんって、こっちの仕事のために新聞社で働いているんですか？」

久馬はひょいと眉をあげた。

「それとも、新聞社で働いているから妖怪を記事にするって思いついたんですか？」

「日陽新聞社に入ったのは、内村さんに誘われたからだ」

「え、お知り合いだったんですか？」

内村はたしか、傘張り浪人《ろうにん》だったと言っていたが。

「戊辰の役の後、役宅《やくたく》から出て家を探しているときに知り合ったんだ。内村さんはちょうど一旗揚げようと、借金を頼んで回っているところだった」

「聞いちゃいけない話じゃないですよね？」

「今はそこそこ成功してるんだからいいんじゃないか。借金も返し切ったらしいし」

「へぇ」

小さな新聞社だが、手広く商売をしていない分、商売敵《がたき》も多い中で堅実に稼いでいるようだ。

「新聞というものにも興味があったし、あの人の熱意に、江戸のころに付き合いのあった大店を紹介してやったんだ。それで『薩長の政治に物申してやろう』と意気投合して、一緒に働くことになったわけだ」

「待ってください。どうしてそれで、妖怪記事を書くことになったんですか」

まったく話が繋がっていない気がするのは気のせいではないはずだ。

「それはな……」

言いかけた久馬が口を閉ざした。香澄は久馬の視線を追う。

「来ましたね」

行く手から数人の青年たちが歩いてくるのに気がついて、香澄は久馬へささやいた。

久馬の話の肝心な部分は聞けなかったが、それはまた次の機会だ。今はこれからする小芝居のほうが大事だった。

やってくる一団の中心にいるのは高梨実篤だ。洋装の仕立てのよさから、遠目にもひときわ家柄がよいことがうかがえる。けれどいかんせん、彼は中身に問題がある。

「大根役者なりに頑張ってくださいよ」

妙に落ち着いている様子の久馬に、香澄はこっそりと訴えた。どれほど下手なのか知らないが、美幸のためにもここで失敗するわけにはいかないのだ。

「ふん。自分の役なら任せておけ」

「それもそうですね」

言われてみれば、自分自身を演じるのに、演技力は不要かもしれない。

近づいてくる若者たちは、何やら話をして盛りあがっているが、その中央を歩く実篤は会話に加わることもせず、わずかにうつむいて歩いている。心なしか表情も暗いように見えた。そういえばすでに艶煙が一芝居打っているのだ。どうやら多少はこたえているらしい。

一団の中の一人が久馬に気がついた。

「貴様！　この間の！」

先日、久馬によって無様にも地面に転がされた青年だ。彼の叫びに、他の若者たちも色めきたつ。

「いつかは油断したが、今日はそうはいかんぞ！」

「女連れとは軟弱な奴め」

「女の前で恥をかかせてやる」

負けを潔く認めるか、恥をかかされたと受けとるか、世間的にそのどちらが男らしいと受け止められるのか知らないが、ともかく若者たちは後者であり、香澄が好むのは前者である。

久馬は彼らをあおるように、ふふんと鼻で笑う。芝居ではない。いつもの彼だ。

「かかってこいよ。相手になってやろう」

「おのれ！」

余裕の体を崩さない久馬に、苛立ちを隠すことなく若者たちが飛びかかった。しかし、ふりあげた拳は軽くいなされ、体勢を崩したところで肩を押されたり足をかけられたりして、次々と地面に転がされる。久馬のほうはたいして大きな動きをしているわけではないのに、ころりころりと不思議なことだ。

腕をひねられ背中を押された一人が、情けない姿で香澄の足下へ転がってきた。

「きゃぁぁっ！」

当初の予定どおりで驚きはしなかったものの、香澄はやや大袈裟《おおげさ》に悲鳴をあげると、手にしていた菓子箱を落とした。風呂敷の角をつかんだまま箱だけを落とせば、地面に落ちた菓子箱から蓋《ふた》がはずれる。

そして。

「うわぁぁっ！」

鼻先に落ちたものを見た若者が、這いずるようにして香澄の前から逃げた。

「いやぁぁっ！」

香澄も本気で悲鳴をあげて、風呂敷を投げ捨てて後じさる。

箱を落として叫べとは言われていたが、箱の中から何が出てくるかまでは知らされていなかったのだ。けれど少し考えてみれば、たやすくわかっただろう。

「お、お菓子が……」

香澄と若者の間に落ちたのは、長い黒髪だった。

元々箱の中に菓子など入っていなかったのだろう。けれど香澄が芝居でなく驚いたことで、さも菓子が黒髪に変わったかのように見えたに違いない。

実篤の取り巻きたちが、気味悪そうに輪を広げた。

「さっきの占術師のときも髪が……」

「実篤さん……」

若者たちは小声でささやき合いながら、恐ろしそうに黒髪から目をそらし、救いを求めるように実篤を見た。

「馬鹿な」

実篤がぽつりとつぶやいた。その顔は色をなくし、青を通り越して白くさえ見える。すっかり戦意を喪失したのか、久馬を囲んでいた若者たちは後じさっていく。

久馬は落ちた黒髪に落としていた視線を実篤に向けた。

「これではまるで『髪鬼』にでも憑《つ》かれているようですね」

「ご存知ではありませんか？　近頃、招魂社で掛けられている芝居に出てくる妖怪ですよ」

「髪鬼……だと？」

当然ながら、まるで驚いた様子もなく久馬は実篤に説明する。なるほど、棒読みではないけれど、たしかに大根役者だ。少しくらい驚いてみせねば胡散臭く見えるのではないかと心配になったが、実篤たちに疑う余裕はないようだった。

「女の嫉妬心や怨念がこもった髪が妖怪となったものをそう呼ぶのだそうです。恨みを晴らすまで、幾晩でも現れる。芝居では結局、相手を取り殺してしまうのですが」

久馬は落ちた黒髪を一房拾いあげた。絡まり合ったそれは彼の手に持ちあげられ、ゆらりとゆれる。

「どなたかが、女性に手ひどい仕打ちをしたのでは？」

久馬に見回された若者たちの視線がお互いの間を行き交い、最終的には実篤に集まった。手ひどい仕打ちをしたのが彼であるという意思表示だろうか。

久馬も彼らの視線を追う。

「そういえば先日、あなたは若い娘さんの髪からかんざしを抜き取っていましたよね。かんざしや櫛には怨念がこもりやすいと言います。古いものには、とくに」

そう言った久馬はうっすらと笑った。

「どうぞお気をつけなさいませ」

「う、うるさい！　妖怪など迷信だ！」

青白い顔で怒鳴った実篤に久馬は首をかしげる。

「妖怪は迷信？　なれど、女の恨みがこの世に存在するのは真《まこと》でしょう。その恨みが形となれば、ちょうどこのような姿になるのではないでしょうか？」

彼の手で黒髪がゆれた。さながら蛇のようで、それ自身に命が宿り意思を持ってうごめいているようにも見える。

怒りにか、それとも恐怖にか、身体の両側で握った実篤の拳がぶるぶるとふるえた。

「付き合っていられるか！　行くぞっ!!」

勢いよく身をひるがえした実篤に、取り巻きたちが慌てて従う。彼らは残された黒髪を恐る恐るふり返りながらも去っていった。

角を曲がってその姿が見えなくなってから、香澄は久馬に声をかける。

「真っ青でしたね」

「様ァないな」

くくっと喉を鳴らした久馬に、香澄は唇をとがらせた。

「私もびっくりしたんですけど」

「ああ、なかなかいい悲鳴だった」

反省の色もなく応じた久馬は、香澄が投げ捨てた菓子箱を拾いあげる。黒髪をひとつかみにして元どおり箱に詰めると、何事もなかったかのように風呂敷に包んだ。

「さて、髪鬼の記事を書きに帰るか」

香澄は久馬と共に、来た道を新聞社へ向かって引き返した。


数日後、日陽新聞の隅に、久馬の書いた記事が掲載された。曰《いわ》く、

――おなごの恨みはいつの時代も恐ろしく、髪鬼なる妖怪もまた女の髪に恨みが宿ったものと云う。記者《かきて》はこれまで怪異を記せしが、まさかこの目で見ることになるとは思いもせぬことであった。記者が九段へ往《ゆ》きし折、某《なにがし》なる華族の子息の前で菓子折の中身が女の髪に変化したのである。これはまさに髪鬼なる妖怪の仕業であろうと伝うれば、某、おなごの恨みに思い当たる節があったか、急ぎ去らん。早々に供養をせねば、命にも関わろうとは或《あ》る寺の住職談なり。

とのことであった。

華族の若君が小新聞など読むとは思われないが、そこはもちろん艶煙が協力者へ手を回している。必ず実篤も、この髪鬼の記事を読むだろうと久馬は言った。

◆

「おい、誰かあれ！」

実篤の呼びかけに現れた女中に、家令を呼ぶように申しつけると、しばらくして村中が彼の部屋までやってきた。

「お呼びでございますか、若様」

「これを寺に持っていけ」

家令へ差しだしたのは、紺色の袱紗《ふくさ》に包んだかんざしだ。丸く削りだされた赤い珊瑚がひとつ刺されている。金の細工は繊細で、高価なものであろうと一目でわかるものだ。だから取り巻きの一人にくれてやったのだが、こうなっては仕方がない。女から取り返してくるように命じて、今そのかんざしはこうして実篤の元に戻ってきた。

「かんざし、でございますか？」

袱紗からのぞくかんざしに村中は怪訝そうだったが、それ以上の詮索《せんさく》を実篤は許さなかった。

「念入りに供養させろ。布施《ふせ》は多めに渡すのだぞ」

「承知いたしました」

彼はかんざしを袱紗に包み直すと、実篤へ深々と頭をさげてその場から退いた。

実篤は机に置かれた一枚の小新聞をぐしゃりとつかんだ。先日行き合った男が新聞記者だったとは思わなかった。知っていれば金で口を封じることもできたというのに。名前をだされていたら、つまらぬ醜聞になるところだった。

だがひとつ、ありがたいこともある。供養をしろと、わざわざ解決策を示してくれていたのだ。妖怪の仕業であるならば、これであの気味の悪い黒髪に苦しめられることはなくなるだろう。そのためならばいくらでも金をだしてやるし、これで収まるならば妖怪なる不確かなものがまだこの世に存在するのだと信じてもいい。

それにしても女の恨みとは厄介なものだ。しばらくは女に声をかけたくもない。たかだかかんざしを盗ったくらいで祟られていては身が保《も》たないではないか。

己の行いを省みることなく、実篤はそう思った。

高梨家の家令によってかんざしは無事回収された。屋敷に艶煙を引き入れる手はずを整えてもらったり、実篤の行動を逐一報告してもらったりと、彼にはずいぶんと協力をしてもらったそうだ。

その後かんざしは美幸の手元に戻った。からくりが露見してはいけないので、当分の間は身につけて外出することはできないが、美幸は涙を流して喜んでいた。

母親の形見なのだ。香澄も同じ立場であれば、やはり泣いて喜んだだろうと思う。

人を騙したのには違いないが、誰かに喜んでもらえるのは嬉しいことだ。

◆

「香澄ちゃん」

気分良く日陽新聞社の編集室の掃除をしていた香澄は、内村に声をかけられて手を止めた。

「はい。なんですか?」

「鼻歌歌ってご機嫌なところ悪いんだけど、久馬の奴を呼んできてくれないかな」

「またサロンで怠けてるんですか!?　もうっ!」

香澄がおりていくと、一人掛けのソファに座った艶煙が、煙管片手に新聞を読んでいた。久馬はといえば、その向かいの長椅子に、帽子で顔を隠して寝ころんでいる。

「久馬さん！　内村さんが呼んでますよ！」

呼びかけると、横になったまま、久馬はひょいと帽子を持ちあげた。

「なんだよ。気持ちよく昼寝してるっていうのに」

「西班牙《スペイン》でいうところの『しえすた』ですね」

久馬はとうとう、昼寝していることを否定しなくなった。このままさらに怠け者になってしまうのではないだろうか。

「もう、艶煙さんも見てないで協力してください」

「いやいや。今回は久馬さんの記事のおかげで、『髪鬼とはなんぞや』とお芝居のお客が倍増しましてね。恩を仇《あだ》で返すようなことはできないんです」

なるほど、そんなふうに裏稼業は艶煙の本業に好影響を与えることがあるのか。

思わず感心し、久馬のことを忘れそうになったところで危うく思いだす。

「ほら、久馬さん！　早く起きて起きて！」

ぐいぐいと腕をつかんで久馬を急《せ》かす香澄へ、艶煙が新聞を差しだした。

「はい、香澄さん」

日陽新聞ではなく、他社の大新聞だ。サロンには他社の大小新聞や読み物、芝居の広告まで、多種多様の情報がそろっているのだ。

何を読めというのだろうかとながめていると、

「ここ、ここ」

と、艶煙が紙面の片隅のほんの小さな記事を指さした。香澄は久馬の腕をつかんだまま見出しを読みあげる。

「高梨宗典卿《たかなしむねのりきょう》令息《れいそく》実篤氏、英へ留学？」

「留学と言えば聞こえはいいですが、実際のところ、厄介ばらいでしょうね」

「あの新聞を高梨卿も読んでくださったのさ」

のそのそと起きあがった久馬が、あくび混じりにそう付け加えた。

「でも、だからって、『おまえ、しばらく帰ってくるな』なんてなるものですか？」

これまで息子《むすこ》の悪行に目をつむってきたのに、日陽新聞のような庶民向けの新聞記事になったくらいで、追いだしたりするものだろうか？　それこそ金で解決しようとしそうなものだけれど。

それ以前に、高梨卿が小新聞を読むとは思えない。家令がうまく渡してくれたのだろうか？

久馬たちの仕掛けに香澄の知らないことがあるのではないかと疑っていると、彼が上着のポケットから封筒を取りだした。

「なんてな。実はコレだ」

封筒に差出人はなく、香澄は抜き取った便箋《びんせん》を広げて確認する。

「高梨宗典……高梨卿!?」

声をあげた香澄の唇を久馬が押さえた。

「きょ、協力者って、家令さんだったんじゃなかったんですか？」

「江戸のころから高梨家に仕えていた家令の爺《じい》さんも、実篤の尻ぬぐいをしながら、主家《しゅか》の行く末にそうとうな不安を抱えていたそうなんだが、それよりも高梨卿のほうがもっと頭を痛めていたんだよ」

すいと香澄の手から封筒と便箋を抜いて、久馬はそれをポケットへ戻す。

「それはまぁ、そうでしょうけれど。でも、父君の言葉を聞かないような問題児なのでしょう？　よく大人しく留学することにうなずきましたね」

海外へ行くよりも、国内で好き勝手していたいと言いだしそうなものだが。と、心配になった香澄が問えば、久馬と艶煙がとてつもなく人の悪い笑みを浮かべた。

「せざるをえませんよ」

「そう、あいつにはもう、海外に逃げるしか道がないのだから」

「まさか……」

香澄はすっかり終わった気になっていたが。

「まだ毎晩脅しているんですか？」

にやにや笑っている久馬たちに香澄はあきれた。実は純粋に実篤を追い詰めるのを楽しんでいるのではないだろうか。

「英国《イギリス》は紳士の国だと聞く。一から紳士のなんたるかを学んでくるがいいさ」

それで実篤が改心するか、さらに慢心して戻ってくるか、先が楽しみである。いやもう、怯えてしまって日本へ帰りたがらないかもしれない。

そんなことを考えていた香澄ははっとした。こんなところで油を売っていてはいけなかった。

「だから久馬さん！　内村さんが呼んでるんですってば！」

「そうだったかな」

とぼけながらも立ちあがった久馬の腕を引っ張る。

「さあ、行きますよ！」

「いってらっしゃい」

ひらひらと手をふる艶煙をサロンに残し、香澄は久馬を連れて二階へ続く階段へ足を向けた。

第三話　さまよう死体の怪

日陽新聞社は香澄が一月前から働き始めた小さな新聞社だ。社長と記者三人で、小新聞と呼ばれる娯楽新聞を発行している。働いていると言っても、香澄がしていることといえば雑用程度のことなのだが。

その日も十時前に出勤した香澄は、まず届いていた手紙の整理を始めた。

「はい。久馬さん宛《あて》のお手紙です」

郵便事業が始まってから早六年。今では北海道の南部から九州まで手紙を送ることができる。料金も全国均一になったことで、以前よりも格段に手紙を受け取る機会は増えた。

サロンの掃除をしようと一旦《いったん》部屋を出ていきかけた香澄だったが、久馬が眉間に深い皺を寄せ、じっと手紙の文面に視線を落としているのに気がついて足を止める。

記者個人に宛てて届く手紙はそう多くない。個人的に記事のネタを報せてもらうこともあるようだが、それほど頻繁ではなかった。

「久馬さん？」

誰からの手紙だったのだろうかと気になって名を呼べば、彼は封筒でぴしゃりと香澄の鼻先を叩いた。受け取った封筒を裏に返すと、そこには達筆で「芝浦艶煙」と書いてある。

この一ヶ月でわかったことだが、艶煙は本業である役者の仕事がない期間は朝から夕まで週の半分ほどの日数を一階のサロンですごしている。残りの半分は顔を見せず、今日もそういえば見かけていない。小屋が掛けられていなくとも稽古《けいこ》はあるのだから、やってこない日は本業にいそしんでいるのだろう。

――と思っていたが、そうでもないようだ。

おそらくその手紙は彼らの《裏稼業》についてのものだ。そうでなければいつもサロンでごろごろしている艶煙が、わざわざ久馬へ手紙を送ってくる意味がわからない。

香澄の手から、ひょいと封筒が取りあげられた。

久馬は立ちあがると上着をつかみ、出入口へ向かいながらぞんざいな口調で言う。

「出かける。おまえも来い」

「え？」

「早くしろ」

なんの説明もなく急かされ、香澄は巾着《きんちゃく》をつかみ、挨拶もそこそこに、久馬を追って出勤したばかりの新聞社を後にした。

ろくに説明を受けることなく、香澄は泊まりがけの旅の準備をさせられ、甲州街道《こうしゅうかいどう》を人力車と駕籠《かご》で乗り継ぐことになった。

艶煙からの報せが、彼らの裏稼業の依頼についてであり、その目的地の手前にある府中《ふちゅう》の宿場町で待ち合わせをしていることらしいことは、道すがら久馬から聞きだせたが、それだけだ。

久馬を見返してやろうと意気込んでいる香澄としては、同行させてもらえることはありがたいのだが、もう少し説明が欲しいのが本音だ。しつこく訊ねて置いていかれてもいやなので、うるさく訊きはしなかったけれど。

府中宿《じゅく》は広く、にぎわう町だ。どうやって艶煙を探すのだろうかと案じながら、きょろきょろと辺りを見渡していた香澄は、辻で傀儡師《かいらいし》が人形芝居を見せているのに気づいた。傀儡師とは旅の芸人で、女の中には色を売る者もあったが、近頃ではそれも減っているらしい。

器用に動く人形をぼんやりながめていた香澄は、久馬に袖をつまれた。

「あそこだ」

彼が向かった先は旅籠屋《はたごや》だった。見あげると、二階の窓から見覚えのある男が手をふっている。艶煙だ。

店の者に案内されて部屋に入れば、髑髏模様の染め抜かれた着物を着崩した男が、窓辺で煙管をふかしていた。

「やあ、いらっしゃい」

「これはなんだ」

さすがに疲れた様子でどかりと座った久馬が、挨拶もなく上着から取りだした封筒を艶煙に投げつけた。香澄は彼らのやりとりを横目にしつつ久馬の隣に座る。やっと一息つけた。駕籠での旅は、短い距離でもなかなか疲れる。

安堵の息をついていると、艶煙がひらりと広げた手紙をすべらせるようにして久馬の前に置いた。

「なんだって、書いてあるとおりですよ」

流麗な筆文字で書かれた手紙をのぞき込んだ香澄は、そこに書かれている恋文——いや呼びだしの文に吹きだしそうになった。

「『久馬さんに会えぬ日が続いており、私の心は千々に乱れております。疾《と》く疾く会いに参られませ。府中宿鳴戸屋《なるとや》にてお待ち申しあげております』って、熱烈ですね」

「読みあげるな」

「だって、あたしたちの本当の関係がバレては困るでしょう?」

隠すべき関係よりも別の関係に誤解されそうだが。

うふふっと身体をくねらせて笑った艶煙は、煙草盆を持ちあげて灰を吹くと香澄を見た。

「お父上にご許可はいただいてきましたか?」

「もちろん。大変だったんですよ、内務省まで行って父を呼びだしてもらうの」

旅の準備よりも、むしろそれに時間がかかったくらいだ。けれど父はさほど悩むこともなく「気をつけて行っておいで」と言っただけだった。それから久馬に「娘をお願いします」と一言。まるでかねてからの知り合いであるかのようだった。

「いやぁ。理解のあるお父上ですねぇ。嫁入り前の娘を、見ず知らずの男と旅にだすなんて。ねぇ、久馬さん?」

「だな」

艶煙がもの言いたげな眼差しで久馬を見たが、彼は短く応じただけだった。

「単なる放任主義なんですよ」

心配されすぎるのも気詰まりだが、あまり心配されないのも哀《かな》しいのは乙女心だ。むぅと膨れた香澄は話を変えた。

「それにしても、いつの間に依頼を受けていたんですか？」

先日出会った美幸は、偶然行き合った香澄が自ら彼女を助けたいと久馬に頼んだのだったが、今回のまだ見ぬ依頼人や桜野は、いったいどうやって久馬や艶煙の存在を知り、彼らに連絡をしたのだろうか。

「だいたいは艶煙経由だ」

「艶煙さんに相談するんですか？」

相談相手としてはいまいち信用できないような気がして、香澄は思わず彼の姿をしげしげとながめる。艶煙は香澄の考えていることを察したのか、くつくつと喉をふるわせて笑った。

「正確に言えば、あたし個人に相談してくるわけではないんですよ。縁魔座の木戸に、ちょいと文をだしておくと、難しい悩みを解決してくれるってな噂がありましてね。届いた文の中から、本当に、にっちもさっちもいかなかろうって依頼だけを選んでるんです。だから多くの人はただの噂だと思っているのでしょうね。ときどきいたずらじみた文が投げ込まれることもありますが、藁《わら》をもつかむ気持ちで文をだす人もいるんですよ」

「そういう人にだけ、連絡を取るってことですか？」

「そういうことです。その噂も大々的に流しているわけではないのですけれど、噂というのは不思議なものですね」

噂という体をとることで久馬や艶煙が表に出ることはなく、本当に困っている人だけを相手にするため、彼らの存在は秘密にされるのだ。

「じゃあ、最初に噂を流したのって……」

「贔屓にしてくださる娘さん方にちょいと話したら、すぐに広まりましたよ」

艶煙は自身で「役者崩れ」と名乗っているが実のところそれなりに人気のある役者なのだ。以前観にいったときも、贔屓にしている娘さんが多いようだった。

「それなら縁魔座の人たちは、艶煙さんたちが何をしているのか知っているんですか？」

「ええ、一部の仲間だけですがね。他にも手を貸してくれる方はいます。たとえば浅田屋で使った掛け軸を描いてくれた絵師のように」

たしかに少しずつ変わっていく画を描いて欲しいなどと、事情を知らない絵師に頼むのは難しいだろう。そこからどんな話がもれるかもわからない。

久馬がふっと笑った。

「義をもって助太刀《すけだち》いたす、――って奴だな」

「へぇ」

香澄は素直に感心して久馬と艶煙を見た。

「だからみなさん、無償で手伝ってくれるんですか？」

「もちろん下心はあるんですよ。なんたってあたしの仲間たちは、みんなただの妖怪好きなんですから」

「？」

妖怪好きだと、どうして無償で手を貸すことになるのか理解できずに首をかしげた香澄を見て、艶煙は身を乗りだした。

「今の日本は欧米に追いつこうと必死でしょう？　ですから幽霊やお化け、妖怪なんてものは旧時代の存在だとして抹殺したくて仕方ない人も多いのです。けれどあたしたちは、彼らを消したくありません。だからこうして妖怪を演じてそれを記事にすることで、彼らに新たに息を吹き込もうとしているわけです。十年先、二十年先、もしかしたら百年先まで、怪異が語り継がれるように」

艶煙たちがしようとしていることにどれほどの価値があるのか香澄にはわからないが、幼いころから慣れ親しんできたものが消えてしまうのは寂しい。

そんな思いを強く深くしたものが、艶煙やその仲間たちの信念なのかもしれない。

「縁魔座の奴らの妖怪好きはちょっと異常だから、話半分で聞いておけよ」

口をはさんできた久馬に、艶煙は少々不満げな表情を浮かべた。艶煙は艶煙なりに真剣に、妖怪という存在の行く末を憂えているのだろう。

彼らが《裏稼業》をしているのは、紙面を埋めるためだとか、芝居の稽古だとか言っていたが、それだけではなかったのだ。

「それで、今回はどんな依頼なんですか？」

疑問が解消されたところで話を戻して問いかければ、久馬が腕を組んで答える。

「岩井村《いわいむら》でな、死体が夜な夜な村を歩き回るそうだ」

「へ？」

何やらあまり想像したくない話を聞かされた気がする。頭が理解を拒絶した。

ぽかんとして声をもらした香澄のために、久馬が一言一句《いちごんいっく》はっきりと繰り返す。

「死体が、夜な夜な、村を、歩き回る」

「…………」

香澄の脳裏に、額に天冠《てんかん》をつけ、ぞろりと長い髪を垂らし、白い経帷子《きょうかたびら》を着た死体が、ふらふらとさまよい歩く姿が思い浮かんだ。げっそりと痩《こ》けた顔がふり返り、にたりと笑う……。

いやいやいやいやいや。いやまさか。死体は歩かない。きっとすでに久馬たちの仕掛けが始まっているのだろう。

「そ、それって、久馬さんたちがそういう噂を流したんでしょう？」

「いいや」

久馬はきっぱりと首をふり、艶煙が煙管に煙草をつめながら笑った。

「むしろ、その噂を消して欲しいって依頼ですからねぇ」

「ってことは……？」

恐る恐る訊ねてみれば、久馬が面倒くさそうに応じる。

「本当に死体が歩き回っているのかもな」

「……………」

死体が歩くはずがない。死んでいるから死体なのだ。死んでいるのに歩くなんてことが、ある……のか？

ないでしょ⁉

「まぁ、頑張って死体を捕まえましょう」

「え、えぇぇぇぇ……？」

久馬を見返すと息巻いて、彼らの裏稼業を手伝うと言ったことを、このときになって初めて香澄は深く深く後悔した。


その日は日が暮れてしまったため、久馬と香澄も鳴戸屋に部屋を取った。もちろん香澄は別部屋だ。その後夕飯をかねて情報を集めるために宿を出て、連れていかれたのは近くの居酒屋だった。客は少なく、香澄たちのほかには女性が一人いるだけだ。

だがその女を見て香澄は思わず声をあげる。

「あ、あの人……」

白く塗った顔に細い眉、鮮やかな紅をさした唇。朱色の派手な着物を着崩した彼女は春をひさぐ遊び女《あそめ》のようにも見えるが、荷物を見ればその職業は知れる。傀儡師だ。

「どうした？」

「さっき、宿の近くの辻で人形芝居を見せていた人です」

「その傀儡師さんでしたらあたしが来たころからいましたから、しばらくこの宿場に滞在しているんですかねぇ」

　艶煙はそうつぶやきながら彼女に近づいていった。

「お姉《あね》ぇさん。相席してもよろしいですかね？」

　客のいない店で相席を求められた彼女は、まず声をかけた艶煙を、そして久馬を見て、その隣で小さくなっている香澄を見ると少し驚いたようだった。

「あらまぁ、人買いかい？」

「いえいえ。彼らは兄妹、あたしは彼の友人です」

　にこにこ笑いながら答えた艶煙の言葉を、

「ただの腐れ縁です」

　と久馬が否定する。香澄と兄妹扱いなのは気にならないようだが、艶煙の友人と呼ばれるのはいやらしい。

「一人酒もわびしいものですからね。どうぞ」

　彼女に席を勧められ、衝立で仕切られた座敷に香澄たちは邪魔することになった。

　女の年齢は厚い化粧でよくわからない。十代にも見えれば、三十代と言われればそうとも思える。

　久馬と艶煙が酒とつまみを見繕って頼んだ。さっそく煙管に火をつけた艶煙が、簡単に自己紹介する。

「あたしは役者崩れでございます。こちらは新聞記者でしてね、あたしども実は隣の岩井村の噂を聞いて取材にやってきたんです」

「死体が歩くって、あの噂ですかい？」

「そいつです」

艶煙がうなずくと、女はその噂について話しだす。

「あたしが聞いたところによると、半年ほど前に亡くなった娘が、村を歩いているのが夜な夜な目撃されるとか」

「ほう。やはりそうですか」

「辻に立っていれば、そういう噂もよく耳に入るもんですよ」

彼女はそう言って香澄に目を向けた。

「怖くないのかい？」

「え、えっと……」

香澄は向かいに座る彼女に色っぽい眼差しを向けられて、同性ながらにどぎまぎした。ふわりと香る甘い匂《にお》いも、鼓動を速くさせるには十分だった。年を重ねたところで、香澄にはとうてい身につきそうにない色気だ。

「困ったことにこちらのお嬢さんは好奇心の塊でしてね。取材に行くと言ったら、『兄様についていく』と言ってきかなかったんですよ」

「おやおや、かあいらしいこと」

酒をちびちびやりつつ、くすりと笑った女は、膝の上で娘人形を遊ばせている。

店主が酒とつまみを運んできた。艶煙が香澄の前には茶の湯飲みを置き、自分と久馬の猪口《ちょこ》に酒をつぐ。

それぞれが喉を潤したところで、いったん途切れた会話を再開したのは女だった。

「あたしが来たころにはまだ、この辺りまで騒ぎは聞こえていませんでしたが、死体が歩き始めて半月ともなるとさすがにね。噂は街道筋に広がっているようですよ」

「人の口に戸は立てられませんからねぇ」

艶煙が応じると、彼女は隣に座った彼に色を含んだ流し目を送る。

「狐狸《こり》妖怪の類いは厄介で、気味悪がる人も多いそうでね。このあたりの宿場町は避けようって人もいるそうです。お気の毒に、旅籠の女将《おかみ》がぼやいてました。ま、客がいないってんで、あたしのような者でも格安で泊めてもらえるのですから、御《おん》の字《じ》ですが」

艶然《えんぜん》と笑った女が艶煙の袖に触れた。その仕草は春をひさぐ女そのもので、香澄は慌てて目をそらした。久馬は気にもせず猪口を傾けている。

「皆が皆、旦那方みたいに、おもしろがってわざわざ見物にやってくるっていうならいいんでしょうけどねぇ」

色事に長《た》けていそうな彼女の眼差しも艶煙にはまったく効果がないようで、彼はその言葉に愉快そうに声を立てて笑う。

「ははは。そんなのはほんの一部の変わり者だけでしょう。ね、久馬さん」

「取材だ。俺をおまえの仲間にするな」

「はいはい」

軽くいなされて、久馬が眉間の皺を深めた。彼の不満をあおるつもりはないのか、艶煙は美味そうに煙管の煙を吐きながら、手のひらで傀儡師をひょいと示す。どうぞ話を続けてくださいと言ったところか。

久馬が溜息をついて彼女と向き合う。

「あんたはその歩く死体を見たことがあるのか？」

「ちらりとならね」

猪口を置いた女は、煙管をだして煙草に火をつけた。その徒《あだ》な仕草は大年増《おおどしま》にも見えるが、着物からのぞく肌はまだ瑞々《みずみず》しい。香澄には彼女の年齢がさっぱりわからなかった。

「どんななりだった？」

「妙齢の綺麗なおなごですよ。一六で亡くなったそうです」

「私と同じです」

香澄はつい口をはさんでしまった。自分と同じ年齢の娘が死んでしまったことも気の毒に思うが、それよりも、その死体が歩き回るなどと噂されていることにいやな気分を味わう。人の死は見世物ではないのだから。

「そう。お嬢ちゃんも一六なの」

彼女は何か懐かしいものを見るように香澄を見つめた。

「死因は知っているか？」

「さて。事故とは聞いておりませんが」

「そうか」

詳しいことは件の村へ行ってから訊ねるつもりだろう。久馬は追及するようなことはしなかった。

「でもその亡くなった娘さんが、またねぇ……」

意味ありげに言葉を途切れさせた彼女は、薄い笑みを浮かべて続ける。

「村の大地主さん……つまるところお大尽《だいじん》でね。なんでも父親に当たる先のご当主様が数年前に亡くなって、家を継がれたのがその娘さんだったとか」

香澄はその話に顔をしかめてしまった。

死んだ者がそれなりの立場であれば、出自《しゅつじ》や家族のことまで噂されるのも致し方ないことだ。家督を継ぐのが誰で、財産はどうなるのかなど、人は下世話《げせわ》な噂話が好きなものだ。だから日陽新聞社のような噂話を載せる新聞も売れる。

わかっているが、気分のよいものではない。

「じゃあ、今その家には亡くなった娘さんの家族が……？」

久馬は香澄とは違うことが気になったらしい。

「先代の後妻さんとそのご子息ですよ」

香澄は家系図を思い描いた。

「亡くなった娘さんは——？」

「先妻の娘さんだとか」

香澄が隣に座る久馬の横顔を見あげると、彼は眉をひそめていた。煙管の灰を落としながら艶煙がにやりと笑みを浮かべる。

「おやおや、そいつぁ、きな臭いですな。『財産目当てで義理の母に殺された娘が、その恨みで夜な夜な村をさまよい歩く』なんてのはどうですか？」

金持ちの家に残された、先妻の娘と後妻とその息子。娘の死因がはっきりとしていないだけに、財産目当ての殺人事件だったのではないかと――。そう疑っているのだ。

「ふふふ」

吸い口を舐めながら女は含み笑いで返した。

「まぁ、誰もが一度は疑ったでしょうが、お大尽に手はだせませんからねぇ」

「さようですねぇ」

もっともだと艶煙はうなずく。

「時代が変われども金は権力と繋がり、権力者は弱者を虐げるものですからねぇ。金持ちに対して口出しはできない。権力者が、誰某《だれそれ》は『病で亡くなった』と言えば病だし、『事故だった』と言えば事故なのでしょう」

「それじゃあ、岩井村まで行っても、ろくに話は聞けないかもしれんな」

困ったように唇を撫で、久馬は取りだした煙草に火をつけた。

「あのぅ」

恐る恐る手をあげた香澄に、久馬が先をうながす。

「なんだ？」

「その娘さん、夜な夜な歩き回るんですよね？　じゃあ、昼間はどこにいるんでしょうか。お墓ですか？」

当然の疑問に女がわずかに声をひそめて答える。

「それがね、死体が歩き回るようになる少し前、娘さんの墓に掘り返された跡があるといって、心配した家の者が一度調べてみたそうでね」

「そのときには、すでに遺体は墓から出て消えていた、とか？」

「いいえ。それよりも恐ろしいですよ」

続きを聞くかどうか確認するように、彼女は首をかしげた。あまり聞きたくないが、聞かないわけにもいかないだろう。

香澄がうなずくと、彼女は煙管の灰を落としながら続ける。

「掘り起こしたのは亡くなられてから半年近くも経《た》ってからだったというのに、娘さんの姿は生きていたときと寸分違《たが》わぬ美しさだったのさ」

「え……っ」

絶句した香澄とは対照的に、久馬と艶煙は身を乗りだす。

「それで？」

「それで墓を掘り返した男たちは驚き慌てて、一旦その場から逃げだした」

「おや、それはまた肝の小さい」

艶煙があきれたように茶々を入れた。とはいえ、腐乱しているのを覚悟して墓を掘り起こしたというのに、そこから腐っていない遺体が出てくれば、逃げだすかはともかくとして、誰でも驚くだろう。

「しかし彼らがおっかなびっくり墓に戻ると、遺体は消えていたというのです」

「消えた？」

「はい。それから彼女は、夜な夜な村を歩き回るようになったそうですよ」

ぞくりと背筋をふるわせた香澄は、鳥肌の浮いた腕を撫でる。半年も経った遺体が腐っていないなど尋常ではない。しかも掘り返された後、消えてしまった。

久馬は顎をつまんで考え込んでいる。

つまりこうだ。

大地主である娘が死亡して半年ばかり後、何者かによって墓が暴かれた。その後、家の者が確認すると、そこには美しい姿のままの娘の遺体があった。しかし目を離した隙に遺体は消えてしまい、それからというもの、夜な夜な彼女はさまよい歩くようになった。

「ほ、本当に死体が歩き回っているんでしょうか？」

「どうでしょうねぇ」

心配する香澄に対し、艶煙はのんびりと応じる。

そんなものを相手にして、久馬たちはどうするつもりなのだろう。

黙り込んでいた久馬が、独り言のように疑問を口にする。

「その娘はどうして歩き回る？　何か訴えたいことでもあるのか？」

「死人が出てくると言えば『うらめしや』でしょう」

久馬の疑問に艶煙が両手をぶらりとさせ、当然のことのように答えた。

うらめしや——つまり、恨めしい、だ。

では、死体が誰かを恨んでいるのだとしたら、一体誰を？　さまよい歩くということは、特定の誰かではないのか？

あくまでもこの疑問は、さまよい歩いているのが本当に死んだ娘の死体で、彼女の意思で動いている前提だけれど。

「お姉ぇさんは怖くないんで？」

問いかけた艶煙に、女は薄く笑う。

「あたしはこういった怪談が大好きなんですよ。だからついつい耳をそばだてちまってね。はしたないことです」

「いえいえ、おかげで助かりました」

「旦那方のお役に立てたんなら幸いですよ」

彼女はそう言って久馬と艶煙にほほえみかけた。

「この噂話がどんな記事になるのか、楽しみにしてますよ、旦那」

そう言って話を切り上げた彼女は煙管を仕舞うと、「それじゃ、お先に」と言って座敷を立った。

「俠《きゃん》な女ですねぇ」

暖簾をくぐって店を出ていく女を見送りながら、艶煙が感心したようにつぶやいた。


岩井村は街道に貫かれているためか、宿場町ではないがそこそこ開けている。少なくとも街道沿いには店が並んでいた。一本奥へ入れば広がるのは田畑《たはた》だが、城下町でない限り、どこの村でもそんなものだ。

街道を歩く人の姿はあるが、足を止める者はあまりない。小間物屋《こまものや》や小さな薬種屋《やくしゅや》、食事処《どころ》や茶屋などが並んでいるが、どの店にも客は入っていなかった。

昼前という時間のせいか、それとも気味の悪い噂が広まっているせいか、はたまた、もとより素通りされる村なのか。

「それで、依頼をしてきた人に会いに行くんですか？」

「いや……」

「情報収集からですかねぇ」

香澄たちはまず薬種屋へ寄った。

「訊ねたいことがあるのですが」

久馬が店先から声をかけると、奥から出てきた店の主《あるじ》らしき男は、笑顔で框に膝をついた。

「なんでございましょう？」

「この辺りに妙な噂があると聞きまして」

久馬がそう切りだしたとたん、男の顔が青ざめる。

「死体が歩くという噂について、少し聞かせてもらえませんか？」

男は血の気が引いた顔に強ばった笑みを浮かべた。

「いや、何のことやら、私には。そんな噂、聞いたこともありませんよ。他を当たってください」

彼はそう言うとそそくさと立ちあがる。早く店から出ていけと言わんばかりだ。

「そうですか。それは失礼しました」

香澄たちは彼の怯えた表情に気づかぬふりで、頭をさげて店を出た。

「さっきの人、もの凄《すご》く怯えてましたよ」

大《だい》の男があれほど怯えているのだ。きっと歩く死体はそうとう恐ろしいものに違いない。香澄は背筋をぶるりとふるわせた。

けれど艶煙はどこか愉快げに、

「こいつはいやな予感がしますねぇ」

とつぶやいている。のんきなものだ。

次いで彼らは小間物屋にも寄ったが、やはり対応は同じだった。

「大地主って方が怖いというより……」

彼らは死んだ娘の家である大地主の持つ権力を恐れているのではなく、歩き回る死体を恐れているようだった。大地主を恐れているならば、むしろ声をひそめて話を聞かせてくれただろう。なんだかんだと人は噂話と悪口が好きなのだから。

「困ったな。実情がわからんと、依頼を引き受けるべきかどうかも、引き受けられるかどうかも判断がつかん」

「片っ端から当たりますか？」

「それでも口を開いてくれる人がいるかどうか……」

艶煙の問いかけへ、渋い表情で答えた久馬が、ついと視線を行く手に向けた。

「ほら、見てのとおり、俺たちは歓迎されていないようだ」

久馬の視線の先には、岩井村の住人と思われる男たちが鍬《くわ》や鋤《すき》を手にして集まっている。その中で年かさの男が歩みでてきた。

「こそこそ村のことを訊いて回っている妙ななりをした余所者《よそもの》ってのは、あんたらのことか？」

特別こそこそしていたつもりはないが、妙ななりの余所者というのは否定できない。断じて香澄は違うが、洋装の久馬と髑髏が描かれた着流しを着た艶煙は、どこからどう見ても立派に妙ななりだ。そんな二人が若い娘を連れて歩いていれば、それはもう見まごうことなく不審者である。

道行く旅人たちが、眉をひそめて早足で通り過ぎていく。近くにある茶屋の店先に立っている娘が、残念そうにそれを見送っていた。ただでさえ客足が遠のいているこのときに、喧嘩騒ぎなどいい迷惑だろう。

村人たちは久馬と艶煙の前に立ちはだかった。

「一体何を嗅《か》ぎまわってやがる」

「いえね。こちらに奇妙な噂があるってんで、調べにきたんです」

艶煙の言葉に男たちの顔色が変わった。

「そんな噂はない！　帰れ！」

「そうおっしゃらずに。あたしは役者でしてね、芸の肥やしになるかとここまでやってきたんですよ」

「知ったことか！」

にべもない対応に、艶煙はわざとらしく愉快げに眉をあげる。

「おやおや。怪談話ではなく、何か知られたくないことでもあるのでしょうか？」

「何を……！」

さらに気色《けしき》ばんだ男たちを見て香澄は慌てた。

「ちょっと、艶煙さん。怒らせちゃ……」

「とにかく帰れ！」

「帰らないなら……」

「きゃ……っ」

心配したとおり、頭に血を上らせた男たちが、顔を赤くして農具をふりあげる。刃物ではないが、十分に武器として役に立つだろう。

けれどそれが鈍器として利用されることはなかった。ふりおろされた鍬の柄は、久馬の手に握られている。

「まったく。女がいるってのに、手荒なことだな」

「久馬さん！」

「茶屋の娘も困ってるぞ」

彼は腕をふって男から鍬を取りあげると、それを道端に投げ捨てた。

「く、くそ……！」

「やっちまえ！」

がむしゃらにとびかかってくる男たちに、艶煙が肩をすくめる。

「おやおや、まるで芝居に出てくる悪役のようですよ」

「丸腰相手に物騒なことだ」

「のんきに言ってる場合じゃ……」

さすがに恐怖を感じて縮こまった香澄を、久馬が艶煙の背後へ押した。香澄は艶煙の袖にしがみつき、恐る恐る顔をのぞかせる。しかし香澄の心配をよそに、久馬は村人たちを軽くいなしてしまった。

「まだやるかい？」

素手の相手にまったく歯の立たなかった男たちは、すっかり青ざめている。

「まぁ、こうなりますよね」

じりじりと久馬から離れていく彼らの顔には、一様に恐怖が浮かんでいる。

「俺は自分の身を守っただけだぞ。なんか悪いことをしたか？」

久馬はぱんぱんと両手を叩《はた》いて払った。艶煙は怯える村人たちに目を向けて、わざとらしく腕を広げ、深々と溜息をつく。

「旅人を暴力で追い返そうとは、閉鎖的にしてもひどい村です。これでは悪い噂が立つのもうなずけるというものですよ」

「正しい情報を得るために来たが、噂のまま記事にするしかないようだな」

「き、記事？」

男の一人が驚いたように問い返した。それに艶煙がしれっと答える。

「あたしは役者崩れですが、こちらは新聞記者さんです」

「な、何を書く気だ！」

久馬に怯えながらも、彼らは簡単に引きあげるつもりはないようだった。久馬は全員の顔を順に見てから答える。

「こちらの怪談話について」

「どこまで知っている？」

「さて、噂のさまようお嬢さんが大地主さまでいらっしゃったことや、お父上の奥様のこととか」

久馬が『奥様』と口にしたとたん、男たちがいっせいに青ざめた。

「わしらは何も知らん！」

「そうだ！　わしらには関わりのないことだ！」

「あんな……、あんな恐ろしい……！」

「あれは……」

「違いますっ！」

口々に恐ろしいと繰り返す彼らの言葉をさえぎったのは、香澄とさほど年が変わらないように見える、茶屋の娘だった。彼女は前掛けをつかんで今にも泣きだしそうな、けれど必死の形相《ぎようそう》で男たちにくってかかる。

「違います！　八重《やえ》ちゃんは、みんなを怖がらせるような子じゃありません！」

「ハル」

誰かが少女の名をつぶやいた。大きな目に涙をためる彼女から、男たちは気まずげに目をそらす。

黙り込んでしまった彼らを見渡した久馬が、香澄と艶煙を見て肩をすくめた。そして口を開く。

「今日のところはお引き取りいただけますか？　悪いようにはしません」

男たちはのろのろと立ちあがり、久馬に取りあげられ投げられた鋤や鍬を手にすると、香澄たちをふり返りつつ無言のまま去っていった。

「なんだったんでしょうか」

「あの娘が事情を知っていそうだが……」

茶屋へ戻り、目元を拭う少女に、彼女の祖父と思《おぼ》しき老人が何やら話しかけている。しばらくすると少女は奥へ消えていき、代わりに老人が表に残った。彼は客のいない縁台に腰をおろして、煙管を吹かし始める。

「これからどうするんですか？」

「そうだな……」

どうしたものかと考え込んでいる久馬の腕を、艶煙がつかむ。

「まぁ、ちょいと休憩しましょうよ」

彼が指さした茶屋へ香澄たちが近づいていくと、老人がひょいと眉をあげた。

「いらっしゃい」

「お騒がせして申し訳なかった」

「お茶みっつとお団子三皿、お願いします」

久馬が謝罪し、艶煙が注文すると、老人は煙管の灰を吹いて、いったん奥へ消えていった。

香澄を間にはさんで縁台に腰かけ、久馬は煙草の箱を、艶煙は腰にさげた煙草入れから煙管を取りだす。

「この調子じゃ話なんて訊けませんよ。これ以上問題が起きる前に、依頼人のところへ行きましょう」

正直なところ、急にこんなところまで連れてこられたうえに、収穫のない情報収集に付き合わされて疲れてしまった。そこにきて先ほどの騒ぎだ。茶屋の少女――ハルといったか――が、割り込んでくれなければ、どうなっていたかわからない。

だが久馬の言葉は歯切れが悪い。

「まぁ、そうだな」

「なんなんですか？」

「その依頼人というのが……」

前髪をかきあげる久馬が途切れさせた言葉を艶煙が継ぐ。

「件の娘さんの腹違いの弟さんなんですよ」

「そうなんですか？　じゃあ、噂を消して欲しいっていうのは、つまり、家の評判をこれ以上落としたくないとか、そういうことなんでしょうか？」

「――って考えてしまうでしょう？　まだ幼いだろう弟さんが、わざわざ縁魔座まで文をだすために来たのかと思えば引き受けたいのもやまやまですが、理由がそれではあまりに死んだお嬢さんが憐れじゃありませんか。ですからね、我々としてもある程度実情をつかみたいんですよ。もちろん、どうすれば先方の期待に沿えるか、方法を考える必要もありますしね」

そんな会話をしていると、老人が湯飲みと串団子を載せた盆を手に戻ってきた。

「お待ちどおさん」

「ありがとうございます」

香澄は縁台に置かれた盆から湯飲みをとり、久馬と艶煙に渡した。久馬は茶に口をつけるよりも先に、団子に手を伸ばしている。

香澄が茶を飲もうとしたとき、老人がゆっくりと口を開いた。

「あんたたち、何をしにきたんだね」

「先ほどの騒ぎを見ていらしたならお気づきでしょう？　こちらの村の、歩く死体の話について、ちょいと調べにきたんですよ」

老人は首に提げた手ぬぐいを外すと、汗をふきながら空いている隣の縁台に座った。彼は茶屋の奥をちらりと一瞬だけ気にしたが、口を開いてくれた。

「その死体ってのは、孫の――あの子の幼馴染なんだよ」

幼馴染が若くして死んだだけでも辛かろうに、その遺体が夜な夜な歩き回っていると言われたら、少女には耐えがたいことだろう。そのうえ村人たちが、それに怯えて騒いでいるともなれば。

「それは……。申し訳ない」

騒ぎを起こした場所がよくなかった。

久馬が素直に謝ると、老人はかまわないと言うように軽く手をふり、取りだした煙管に煙草をつめると火をつけた。

「村の奴らに訊くよりも、うちに訊いてくれたほうが、ハルにとってもましなことを話してやれるでしょうよ」

老人は一服すると問いかける。

「何が訊きたいんだね？」

「死体が歩く様子を知りたいんです。今夜どこかに泊めていただいて、実際に見てみようと思っているのですが、その前に話を聞こうと」

「そりゃまたご苦労さんなことで」

老人は白髪《しらが》頭をかいて、困ったように視線をさまよわせていたが、大きく溜息をついてから口を開く。

「初めは……、ただ、出てきただけだったんだがね」

「それはつまり、辻に立っているような？」

「ああ」

香澄は老人の話の光景を想像してみた。

辻に立っている死人。それは怪談話でよく聞く幽霊の姿に似ている。

「まるで幽霊ですね」

「足跡があったんで、騒ぎになったのさ」

幽霊に足はないとよく言われるが、あれは円山応挙《まるやまおうきょ》という絵師が足のない幽霊を描いたことから言われるようになったと聞いたことがある。だから幽霊に足があっても何らおかしくはない。けれど、幽霊は肉体がないからこそ幽霊なのだ。足跡を残すのはおかしい。

足跡があるならば幽霊ではない。けれど死人には違いなく、死体が歩いていると言われるようになったのだろうか。

香澄はひっそりとふるえた。

どちらにしても怖い。

老人は煙管をくゆらせながら話を続ける。

「それがいつの間にか立ち尽くすだけではなく、人前にわざわざ姿を現すようになり、声をかけるようになり、家の戸を叩くようになった」

「そんな……」

香澄はぞくりとした身体を、自らの両手で抱いた。

死人は、生きている人間から次第に離れていくものだ。物理的な距離はもちろんのこと、人の記憶からも薄れていく。それなのに、日に日に近づいてくるのだという。

怖い。怖くないはずがない。もの凄く怖い。

それなのに艶煙は煙管を吹かしながら、のほほんとつぶやく。

「それは怖いですねぇ」

「全然、怖がってるように聞こえないんですけど！」

「ほらほら、大丈夫ですよ、香澄さん。お天道《てんとう》様はまだあんなに高いんですから」

艶煙は彼をにらみつけた香澄の肩に腕を回した。男性にそんなことをされたのは初めてのことで、どうしたらいいかわからずにいると、久馬が艶煙の手をぴしゃりと叩いた。艶煙は香澄の肩から手を離し、叩かれた甲に息を吹きかけている。

香澄は恐怖に耐えるため、自分の袖をぎゅっとつかんだ。この際、皺になることなど気にしていられない。

「死体は、なんと声をかけるんです？」

久馬が訊ねると、老人はしばし考えてから答えた。

「たしか――『殺したのは誰だ』『あなたは知っているのか？』だったかな」

その問いかけは、まるで殺人犯を捜しているかのようだ。

事故ではなかったと聞いたが、娘の死因ははっきりしていない。香澄は思い切って老人に問いかける。

「その娘さんは殺されたんですか？」

「病死だと、そう聞いたがね」

「どんな病だったんです？」

久馬の質問に、老人は煙管を持った指で鬢《びん》をかいた。

「――急に身体が弱ってきたという話でね。最後には食事もできず、息をすることさえやっとだったと聞いた。元々身体は弱くて、外を出歩くような娘さんではなかったし、季節の変わり目には床につくこともあったが、そこまで悪かったとはね。気の毒なことだ」

「そうですか」

単純に考えれば元からなにがしかの病を患っており、それが悪化したのだろう。

久馬が皺の寄った眉間をこする。

「ですが、娘さんは自分を殺した犯人を捜しているようなんでしょう?」

「知らんよ」

老人は自身の意見を述べることはなかった。どちらにせよ、真実は知らないだろう。

久馬が問いを変える。

「その娘さんのお名前は? 八重さん?」

たしかハルがその名を呼んでいた。

「和泉《いずみ》八重。孫と同じだから……一六だった」

孫と同じだからよけいなのか、老人の目には深い悲しみが見えた。

「和泉家はこのあたりの豪農でね。まぁ、お大尽だな。先代が亡くなられて、その遺言に従って八重さんが家を継がれて、近く婿を取る予定だったんだが……」

「婿を迎える前に亡くなってしまったってぇわけですか」

艶煙の言葉に、老人はうなずいた。

「何やら怪異の裏に人間の醜い欲望が見えてきますねぇ」

艶煙は、八重が「跡継ぎを産む前に亡くなった」と言いたいのだろう。和泉家には、彼女が子を残さずに死んで得をする者がいるのだから。

「八重さんのお父上には後妻さんがおられると聞きましたが」

「ああ、いるよ。息子もね。彬人《あきひと》さんといって、十かそこらだったと思うがしっかりした方だ。姉さん思いでね、八重さんのために高名な医師を呼んだり、気晴らしの相手になってやって欲しいとうちの孫を呼びにきたり。仲のよい姉弟だとほほえましく思っていたんだが……」

ちらりと香澄は久馬の横顔をうかがった。今回の依頼人はさまよう死体の異母弟であるときいた。つまり今名前の出た彬人という少年のことだろう。

「ご子息がおられるのに八重さんが家督を継いだのですか。お父上が亡くなったときには、彬人さんは幼すぎたということでしょうか」

「いや、元々和泉家の正統な当主は、八重さんの母親だったんだ。前の奥様が亡くなったとき八重さんはまだ二つだったものだから、婿の旦那様が代理をされていたのさ。だがその旦那様も亡くなり、家督は先妻の娘である八重さんに戻った。元々和泉家は女系でね。これまでもわしの知る限り当主は女だったから、誰も不思議には思わなかったもんだよ」

娘が家を継ぐことはさほどめずらしいことではない。女婿をもらえばなんら問題のないことだった。代々女性というのはあまりないことかもしれないけれど。

「結局、今は誰がご当主なんで？」

「彬人さんだ。お嬢さんが遺言書で、母親の妹さん——つまり叔母《おば》を後見人に、坊ちゃんを跡継ぎに指名されていたから」

「お嬢さんもなかなかしっかりしておいでですな」

「聡明《そうめい》な方だったよ」

香澄は両手で包んだ湯飲みに視線を落とした。

自分と同じ年齢の少女が死を覚悟して遺言書をしたためていたことは、香澄には衝撃的だった。不治の病を患っていたとしても、自分ならそれほど冷静に死後のことまで気を回せる自信はない。けれど後見人を義理の母親にしていないところから見て、継母《ままはは》に書かされたもののようには思えない。それならばやはり八重は自ら筆をとったのだろう。

「その彬人さんが家を継がれて、和泉家は落ち着いたということなんでしょうね？」

「そうなんだが、落ち着いたところで、この騒ぎだろう？　奥様はかなり参っているようだよ」

「参ってますか」

「さすがに……」

少々言いにくそうに言葉を途切れさせ、老人は続ける。

「義理の娘が邪魔で殺したのではないかと村中で噂されていることは、耳に入っているだろうから、いくら気の強い奥様でも参りもするだろうよ」

狭い村のことだ。会う人会う人すべてが自分を疑っていると思えば、気もおかしくなるだろう。もし噂が真実でなくとも。

八重の死因が疑いようもなく病気であったなら、村の人々がさまよう死体をここまで恐れることはなかったのだろう。誰もが義理の母を疑いながらも口を閉ざしているからこそ、彼らは八重の恨みを買わぬように何も言おうとしないのではないのか。

「彬人さんはどうされているんですか？　お母様が犯人なんて言われたら……」

「坊ちゃんはお嬢さんを慕っていたからなぁ。今の状況はお辛いだろう」

「そう、ですか」

渋い表情を浮かべた久馬に艶煙が問いかける。

「結局、死体は何がしたいんでしょうねぇ？」

「言葉だけを聞けば、自分を殺した犯人を見つけたいんだろうが……」

「それで、犯人を知っている村人を責めているんですか？」

「それは死体に訊いてくれ」

訊かれて答えられる問いではない。不機嫌そうにもぐもぐと団子を食べる久馬へ、艶煙はついと煙管の先を向けた。

「よしんば本当に殺されたのだとしてもですよ、犯人を見つけて、それでどうするんでしょうか？　警察につきだすんですかい？　それとも、取り殺してしまうつもりなんでしょうか？」

「俺が知るか」

艶煙はつまらなそうな顔をしたが仕方ないことだ。

その当人ではないのだから、久馬にだって想像することしかできないだろう。

「それであんたたち、泊まるあてはあるのかい？」

「いえ。まだ決まっていませんが」

煙管の灰を落としながら老人は苦笑を浮かべた。

「そんな娘さんを連れて野宿でもするつもりかね？　あんたらみたいな酔狂な客を泊

める家はないよ。今はどこもぴったり雨戸を閉めて、明かりをもらすことさえせん」

久馬は艶煙と顔を見合わせた。先ほど喧嘩を売ってきた村人たちを思いだせば、老人の言葉はただの脅しではないだろう。

幸い今は冬ではないので、一晩くらい外ですごしたところで風邪《かぜ》を引くようなことはないだろうが、香澄としては遠慮したい。

「まぁ、うちに泊めてやってもかまわないが……」

煙管の灰を吹いた老人が、久馬たちに目を向けることなく続ける。

「八重お嬢さんのことを記事にするのかね？」

「それは一応、そのために来ているので……。名前をだすつもりはありませんが」

名前をださずとも、近隣の人々にはそれが誰のことかわかってしまうだろう。口ごもった久馬に、店の奥から声がかかる。

「八重ちゃんのことを悪く書かないでください！」

「こら、ハル」

老人が軽く窘《たしな》めたのは先ほどの娘だ。どうやら聞き耳を立てていたらしい。

彼女は思い詰めた表情で駆け寄ってきた。向かい合って座った久馬と祖父の間で立ち止まり、懸命に言葉を継ぐ。

「八重ちゃんは弟思いのやさしい子なんです！　もし……もし本当にこ、殺されたんだとしても……犯人を捜したりなんて……しないです。だって……」

初めこそ意気込んでいた彼女の声は次第に小さくなり、最後には消えてしまった。思い詰めたような表情も、酷《ひど》く困っているような弱々しいものにとって変わる。

うつむいて足下を見つめる彼女に、久馬が問いかける。

「何か知ってるのかな、娘さん」

「その、それは……」

胸の前で手を組んだ彼女は、迷うようにつぶやいたが、それ以上何も話すことはなかった。


結局、香澄たちは茶屋の老人の好意で泊めてもらえることになった。久馬と艶煙は、墓場を調べるために出かけていったが、香澄は一緒には行かなかった。怖かったのが五割。残りの五割はハルのことが気にかかっていたからだ。仲のよかった友人のことを悪く言われて、きっと彼女は哀しみ、傷ついているのではないだろうか。村とは関わりのない香澄と話をすれば、少しくらい気晴らしになるかもしれない。同性で同年代の相手となら、話もしやすいだろうと思ったのだ。

もちろん香澄自身にも、見知らぬ土地で久馬や艶煙と離れている不安がある。さすがに心細かった。

そういうわけで、香澄は店先まで出ていくと、表で客を待つハルの近くに座って彼女に声をかけた。

「ここにいてもいいかな？」

ハルは少々警戒したような眼差しで香澄を見た。香澄も久馬たちと一緒に八重のことを探りにきた一人だ。何かを訊かれるのかと疑われてもしかたない。

どうしたら彼女の緊張を解くことができるだろうかと考えて、素直に今の気持ちを伝えることにした。

「置いていかれちゃったので、心細くて」

「あ……」

彼女は香澄の言葉に申し訳なさそうに眉をさげ、慌てたように隣に座った。

「そ、そうだよね。知らないところに一人でいるのって、寂しいもんね」

お客が足を止めることもない。彼女は店番よりも、香澄の寂しさを紛らわせることを選んでくれたようだ。やさしい少女なのだろう。

「ひどい兄《にい》さんたちでしょ？」

香澄が唇をとがらせると、ハルはくすくすと笑った。そしてわずかに身を乗りだして、内緒話のように問いかけてくる。

「東京には、洋服の人が多いの？」

これまで八重の話があって雑談をする雰囲気にならなかったのだが、彼女も年相応に東京から来ためずらしい客の話を聞きたかったのかもしれない。まだこの辺りでは、官憲以外で洋装を身につけている人は少ないだろう。きっと久馬はとてつもなく浮いているのだ。おそらく八重のことがなくとも、余所者は帰れと追いだされることになったのではないだろうか。

香澄はそんなことを考えながらハルの質問に答える。

「それほどでもないのよ。男性は兄さんみたいに洋装の人もいなくはないけど、女性はほとんどが、このとおり着物だから」

「そうなんだ。彬人さんは東京に行くと、いつも土産話《みやげばなし》をしに来てくれるんだけど、流行にはあまり興味がないみたいで、そういうことは話してくれないんだ」

ハルはまるで自分の弟のことを話すように言って、くすりと笑った。

「だから東京はあんな素敵な男の人ばかりなのかと思っちゃった。香澄さんのお兄さん、とっても洋服がお似合いだから」

「そうかな？」

香澄は久馬の洋装姿を思い浮かべてみる。たしかに似合ってはいるが、素敵かどうかは……。

認めたくはないが、素敵だと言われるような容姿なのだ。しかも喧嘩だって強いし、さりげなく香澄をかばってくれるところだって男らしい。

ハルの頰がほんのりと赤く染まっている。先ほどの喧嘩の様子を見ていただろう彼女も同じようなことを考えているのかもしれない。

「ありがとう」

香澄は兄が褒められたらそうするだろうと思って礼を言っておいた。

「あんな人がこの村にもいたらいいのにな」

夢見るような眼差しのハルに、香澄はいたずら心がわく。

「ハルさんは、兄さんみたいな人が好きなの？」

「え！」

彼女は目を見張り、ぱっと顔を赤く染めた。

「えっと、その、格好いいから素敵ってことよ？　ね、香澄さんこそ、どんな人が好きなの？」

「ええ⁉」

まさかのやぶ蛇だった。自分に戻って来た質問に、香澄は一応真面目に考えてみる。

「格好良くて、ちゃんとお仕事をしてて、やさしい人。あと、信念のある人……かな」

結局思い浮かんだのは実の兄の姿だった。兄は容姿もいいしやさしいし、人当たりもいい。国のためにと働く彼は、香澄の憧れなのだ。

だから、

「ほら、お兄さんみたいな人がいいんだよね？」

そう言われて、香澄は「そうかも」とうなずいた。そしてうなずいてから気づいた。

ハルの言う兄は、香澄の兄ではなく久馬のことだと。

おかげで頭の中の兄の姿が久馬に入れ替わる。

「え、えっと、えっとそれは……」

悪くはない。悪くはないけれど、今のは違うのだ。でもうなずいてしまった以上、いまさら否定するのも不自然だろう。

ハルはほほえんで、表の通りに目を向ける。

「八重ちゃんがお婿さんを迎えるって話を聞いたときも、こんな話をしたなぁ」

話題が自分から離れてほっとして、香澄はハルに応じる。

「好きな人の話？」

「うん。八重ちゃんのお婿さんに来るはずだった人は、背が低くて里芋《さといも》みたいな人だったけど、でもすごくやさしくていい人だったの。きっといい旦那さんになるねって話してたのに……」

婿を迎える前に、八重は亡くなってしまったのだ。

「ハルさんは、八重さんと仲がよかったんだね」

「八重ちゃんは子どものころから身体が丈夫なほうじゃなくて、寺子屋《てらこや》に通うこともできないからって、年の近い私は先の旦那様に話し相手になってやって欲しいと言われて、よく呼ばれたんだ」

「そうなんだ」

「八重ちゃんはとてもやさしい子で、ときどき外に出かけると、村のみんなににこにこ声をかけて回ってたの。みんな、綺麗でやさしくて賢い八重ちゃんのことが、大好きだった。それなのにみんなに怖がられるようになって、私も彬人さんも悔しくて、でも何もできなくて……」

ハルは涙を溜めた目を伏せて立ちあがると、ふいと店の奥へ行ってしまった。しばらくすると、手に何かを持って戻ってくる。

「これ、八重ちゃんが最後にくれた文なの」

差しだされたのは、紙に包まれた手紙だった。何度も何度も読まれたのだろう。折り目はすれ、気をつけなければ破れてしまいそうだ。

「読んでいいの？」

訊ねてみれば、彼女はこくりとうなずく。

香澄は受けとったそれをそっと開いた。流れるようなやさしい文字で、幼馴染に向けての最後の言葉が綴られている。

自分が、不治の病に侵され、長年苦しんできたこと。

年明けを待たずに死ぬだろうが、死ぬことは怖くないこと。

幼いころに亡くなった母に会えるのが楽しみであること。

最近義母《はは》がやさしくしてくれること。

義母に手ずから茶を淹れてもらえて嬉しいこと。

残していく幼い弟のことが心配なこと。

姉の代わりに弟を気にかけてやって欲しいこと。

もしも生き別れた妹が訪ねてくることがあったら、自分の分まで生きて欲しいと伝えて欲しいこと。

何よりも幼馴染であるハルに、長く哀しんで欲しくないこと。

思い出はたくさんありすぎて書き切れないこと。

仲よくしてくれて、嬉しかったこと。

そんなことが取り留めもなく書き連ねられている。書いても書いても書き足りないと言うように、長く、長く。

「私……」

じわりと文字がにじんだ。涙があふれそうになって、香澄は慌ててまばたきをする。

「私も、八重さんと同じ年だけど、きっとこんなふうに遺《のこ》していく人に手紙なんて書けない」

もしも自分がもうすぐ死んでしまうのだとわかっていて、友人の桜野にどんな言葉を残すだろうか。父には。兄には？

先に死ぬことを謝る。これまでのことに礼を述べる。

思いつくことはあるけれど、やはり、実際に書く自分は想像できなかった。

もしかしたら八重は、自分が死ねば、義母や腹違いの弟が、心ない噂をたてられるかもしれないと思っていたのだろうか。だから二人のことにまで言及したのかも。

真実はわからない。八重は聡明であったというので、先のことまで見越していたことも、ないとは言えないが。

手紙からは八重のやさしい人となりが伝わってきた。それなのにこんなふうに家族や友人を思う彼女が、歩く死体として村人に恐れられている。

可哀相《かわいそう》だと思う。そして、もし友人であったなら——自分がハルの立場であったなら、きっと耐えられないと。

「やさしくて、強い人だったんだね」

こくりとハルはうなずいた。香澄はもう一度ゆっくりと八重の遺した手紙を読む。

そして気づいた。

「八重さんには妹さんがいるの？」

「産まれてすぐに養女にだされたんだって」

和泉家はお大尽と呼ばれている。娘をもう一人育てるくらいの余裕はあっただろうに、どうして手放したのだろうか。八重も姉妹でいたほうが寂しくなかっただろうに。

「八重ちゃんは、私と彬人さんには、ときどきその話をしてたの。いつか会わせてあげるわねって笑って」

彼女の父親は、娘のために同じ年の少女をよく家に呼んでいたという。それなのに、一番の話し相手になれそうな彼女の妹を、どうして養女にだしたのか。

「彬人さんは八重ちゃんのこんな噂が立ったことをすごく悔しがってる。八重ちゃんが悪いことをしたわけじゃないのに、死んでしまってから悪く言われるなんて」

「弟さんはお姉さん思いなのね」

「うん。でも彬人さんが八重ちゃんをかばおうとすればするほど、村の人たちは保身だなんだって噂して……。彬人さんが可哀相で、でも私にはどうしてあげることもできなくて」

香澄はゆっくりと手紙をたたんだ。元どおり紙に包み、ハルに返す。それから居住まいを正し、意を決して口を開いた。

「ハルさん。実はね、私たちはある人の依頼を受けてここに来たの」

「依頼？　新聞記事のためではなくて？」

「うん。その人は、八重さんの噂を消したいみたいで、でもそれが、八重さんのためなのか、和泉家やこの村の評判のためなのかわからなくて。だから兄さんたちはまだ、依頼を引き受けるかどうするか決めあぐねているみたいなの」

しばし黙って考え込んでいたハルが、うかがうように問いかけてくる。

「八重ちゃんの噂を消すなんて……できるのかな？」

「何をするかはわからないけど。兄さんたちならなんとかすると思うわ」

香澄にはその方法はさっぱり思いつかないが、彼らならば何らかの手立てを考えるだろう。まったく手をだせないならば、ここへ足を運ぶこともなかっただろうから。

「それなら……」

ぽつりとつぶやいたハルにまっすぐ見つめられる。

「それならお願い。八重ちゃんが村の人たちに怖がられるだなんて耐えられない。八重ちゃんはみんなに愛されてた。だから……」

ハルが深く頭をさげる。

「お願いします」

香澄は久馬たちにこの依頼を引き受けて欲しかった。死後に悪評を立てられた八重も気の毒だが、なによりも今生きているハルがその噂に胸を痛めているのだ。

依頼人が増えてしまったが、彼女の依頼なら、久馬たちはきっと引き受けてくれるだろうと思った。

日が暮れる前に、久馬と艶煙は茶屋に戻って来た。和泉八重の墓には、まだ掘り起こされた後埋め戻された形跡が残っており、他に気になることと言えば大量の花が手《た》向《む》けられていたことくらいだったらしい。

まるで「どうか成仏《じょうぶつ》してくれ」と願うかのように。

村の人々はさまよう彼女に怯えているのだ。

香澄は彼らの話を聞き終えると、ハルから見せてもらった手紙と彼女からの依頼について話した。

「勝手に話してしまってすみません。でもハルさんは八重さんの噂を怖がっているんじゃなくて、八重さんが怖がられることが辛いんだろうと思って。依頼を引き受けてあげてください」

勝手に話したことを叱られるかもしれないと思っていたが、久馬も艶煙も機嫌をそこねた様子はなかった。何やら驚いているようではあったが。

「あやまることはない」

「むしろお見事です」

彼らはそう言って、二人で顔を見合わせて悩み始める。

「なるほどね……」

「なんですか？」

よくわからないが、考え込んでしまった二人をそれぞれ見て、香澄は溜息をついた。まるで時が止まってしまったかのように、彼らはじっと動かない。

話しかけられる雰囲気でもなく、黙って彼らがふたたび口を開くのを待っていると、襖《ふすま》が開いてハルが顔をのぞかせた。

「お夕飯を用意したので、どうぞ」

「ありがとう」

香澄が礼を言うと、やっと時間が動きだしたかのように、久馬が顔をあげた。

「ハルさん。こいつから聞きました。あなたの依頼」

ハルは軽く目を見張り、不安げに久馬の表情をうかがう。

「……本当に、八重ちゃんの噂を消すことができるんですか？」

「消すことはできません。しかし、あなたの望みを叶《かな》えることはできるかもしれません」

理解できないというように首をかしげたハルに、助けを求めるように視線を向けられたが、香澄にも久馬の考えていることはわからない。同じように首をかたむけることしかできなかった。

「承ります。彬人さんにもそう伝えてあげてください」

ハルの表情がぱっと明るくなる。

「は、はい！　ありがとうございます」

「よかったね、ハルさん」

目に涙を浮かべて礼を言ったハルの手を香澄は握った。

「喜んでいただけるのは嬉しいですが……」

久馬は彼女に穏やかな声で続ける。

「そのために、ひとつふたつご協力いただきたいことがあります」

「私ができることなら」

指先で涙を拭いながらうなずいたハルに、久馬がさらりと提案する。

「今晩、歩く死体を捕まえにいきましょう」

「え？」

ぽろりとハルの唇から声がもれた。香澄も目をまたたかせる。

そして、

「……ええっ⁉」

と、ハルに向かってとんでもないお誘いを口にした久馬に、非難半分で声をあげた。

香澄たちは零時をすぎるのを待って、ふたたび外に出てきた。いくら香澄がいるとはいえ、今日やってきた男たちと一緒にハルだけを送りだすようなことはせず、彼女の祖父も一緒に来ることになった。八重の顔を知る彼が同行するならばハルは残ってもよかったのだが、彼女は一緒に行くと言って聞かなかった。

どうしても自分で確認したいのだと。

その強い意志を、久馬も艶煙も、そして彼女の祖父も尊重した。

夜中の通りに人気《ひとけ》はない。家々も寝静まっているようだ。それとも、少女の死体が現れるのを恐れて、息をひそめているのだろうか。

「暗闇はいいですねぇ」

先頭を歩く艶煙が、そんな奇妙なことを言った。久馬の腕に半ばしがみついている香澄は、びくびくしながら艶煙に問いかける。

「こ、怖くないんですか?」

「全然」

「久馬さんも?」

「全然」

久馬は「まぁ、見えないことは不便だが」と付け加えた。けれどそれだけだ。香澄はもはや久馬を兄と呼ぶ芝居もできないくらいなのに。

艶煙など楽しそうに話し続ける。

「暗闇には何かがいても、何がいるのか見えない。見えないものはわからないもの、わからないものは妖《あや》しいものです。つまり、暗闇とは怪異そのものではないですか」

「へ、へぇ」

嬉々《きき》として語る艶煙に、香澄はぎこちなく相づちを打った。

「幽霊も妖怪も、暗闇なくして存在し得ません。見えぬからこそ人は恐れ、それに名と形を与えるのですから」

「そしてそれが、妖怪といわれるようになる。――んですか？」

「そうそう」

暗闇を照らす明かりは老人が手にする提灯だけだ。夜目がきくらしい艶煙はすいすいと歩いていくが、香澄は物陰から何か出てくるのではないかと怖いばかりだ。

ぎゅっと久馬の袖をつかむ。彼にすがりつくなんて、普段ならば絶対にしたくない。いや、特に今日はしたくない。久馬を見ると、昼間ハルと交わした言葉を思いだしてしまう。

　久馬が自分の好みの男性だなんて、絶対に認めない。いや、認めたらこんな腕にすがりつくとかできないけれど。すがりつけるんだから、やはり彼は好みではないのだろうか。違う違う。これは怖いからだ。ということは怖くなくてもすがりつけるわけで、でもすがりつくのなんていやなわけで……。

　いやいやいやいや。何を考えているのか。

　ハルが変なことを言ったものだから、しなくていいのに意識してしまう。これはすべて昼間のあの会話のせいだ。そうに違いない。

　ぐるぐると思考をめぐらせているうちに、さらに力強くしっかりと腕にしがみついた香澄を、久馬が見おろす。

「そんなに怖いのか？」

「えええ、な、なな、なんで？」

「なんでって、そんなにしがみつかれたらわかるだろ。で、怖いのか？」

　改めて訊ねるまでもないだろうに。久馬は本当に鈍感だ。歩く死体が出るかもしれない夜道を恐れない女の子なんてそうそういなかろう。そこに頼りになる男がいれば、頼ってしまいたくなる乙女心を理解して欲しいものだ。

頼りになる男？　久馬が？

香澄は自分の思考に慌てた。

「ち、違いますよ！　頼りになるとか思ってませんから！」

「なんの話だ？　大丈夫か、おまえ」

違う意味で心配されているような気がする。

何を訊かれていたのだったか記憶をたどり、今度はちゃんと答える。

「だ、だだ、だって、歩く死体が出たらどうするんですか？」

「どうするって。捕まえに来たんだぞ？　出たら離せよ？」

「わわ、わ、わかってます」

歩く死体とやらが現れれば久馬はそれを追いかけるつもりなのだ。さすがにその邪魔はしたくない。後から何を言われるかわかったものではないし、彼らの足を引っ張ることだけはいやだった。

いやだったが、怖いものは怖いのだ。

久馬があきれたように溜息をつく。

「だから留守番《るすばん》をしていろと言ったんだ」

「ひ、一人で留守番とか。怖いじゃないですか」

茶屋には今、誰もいない。一人きりで彼らが帰ってくるのを待つよりも、怖い怖いと言いながらも誰かと一緒にいるほうがまだましだ。

「本当に出ますかねぇ」

やる気のなさそうな足取りで久馬の前をぷらぷら歩きながら艶煙がつぶやいた。香澄と久馬の隣では、ハルが可哀相なほどにふるえている。夜道が怖いのが自分だけではないのだと、香澄は少し安心した。

ハルは祖父の腕にしっかりとしがみついているが、それでも自分の足で歩いている。歩く死体の正体を暴くことを、自分の使命だと考えているのかもしれない。

「とにかく待ってみるしかないだろうな」

「つ、捕まえてどうするんですか？」

「それが八重さんかどうか確認するんだよ」

「じゃあ、捕まえなくったっていいじゃないですか」

遠目に姿を見れば、長い付き合いだったハルにならそれが八重かどうかわかるだろう。そう思ったのだが。

「捕まえてみないと、本当に八重さんの死体なのか、それとも生きた人間なのか、はたまた狐狸妖怪なのかわからないだろ」

「ううう」

本当に死体が歩いていたら怖い。けれどそれが狐狸妖怪でも怖い。生きた人間だったら……。

一体、誰がなんのためにそんなことをしているのだろうか。

「あたしは腕っ節には自信がありませんからよろしく」

ひらひらと手をふる艶煙に、久馬は深くうなずく。

「安心しろ。期待してない。俺が勝手にやるから、おまえは茶屋のじい様たちを頼む」

「頼まれても困ります」

「そうだな。じい様のほうが頼りになりそうだ」

「たしかに」

香澄は久馬の言葉に同意した。

夜道に死者を探しに行こうというのに、老人の顔に恐れはない。ちらりと見やると、ハルを挟んで歩く彼と目が合った。

「なぁに。戊辰の役のあと息子の亡骸《なきがら》を探しに行ったときに比べりゃ、なんでもないことさ」

母親のことはわからないが、戊辰の役でハルは父を亡くし、それで祖父と暮らしているのだ。

「ご子息は戊辰の役に？」

久馬が訊ねると、老人はあきれたように鼻を鳴らした。

「うちは大昔は足軽《あしがる》でね。息子はずっと侍になる夢を見とったのかもしれん。徳川様のためと息巻いて、娘を置いて出ていって、それっきりだ。親としては情けない限りさ」

戦のない泰平の世は幸せなことだったはずなのだが、中には功名出世を夢見る者も多かったのだ。実際、戊辰の役のころには、浪人でありながら名をあげた者、農民でありながら士分に取り立てられた者もいたらしいが、多くは夢半ばにして散っていったと聞く。

久馬は老人の話に静かにうなずいた。

「そうですか。私の父も戊辰の役で死にましたが、ご子息のような志とは無縁でした。戦に巻き込まれた母子をかばって死んだと伝え聞き、まったくらしい死に方で、母とあきれたものでした」

「立派な方でしたな」

「侍としてはそうでもなかったでしょうが、人としてはそれなりに」

穏やかな久馬の話し口から哀しみは感じられない。ただわずかに、父親に対する尊敬のようなものがにじんでいた。

「父のように、他人のために生きて死ぬことは、俺のような男には無理な話でしょうが、それでもあの世の父に顔見せできないような生き方はしたくないものです」

「それで、新聞記者になってまで、怪談話かね」

「主に妖怪話です」

久馬の答えに、老人はくっくと喉を鳴らして笑った。香澄には訳がわからない。

するとりと艶煙がちらりとふり返って答えてくれた。

「妖怪は、人のやさしさから生まれたんですよ。枕返しって知ってますか？」

「……寝ている間に、枕を裏返すんだったたか、足下へ持っていっちゃう妖怪ですよね？」

枕返しは子どものころ遊んだ妖怪カルタや双六《すごろく》にも出てくるような、有名な妖怪だ。さほど詳しくない香澄でも知っている。

「そうそう。座敷童《ざしきわらし》の仕業とも、殺された誰かの幽霊の仕業とも言われますが、あれはね、寝相の悪い子どもが枕を蹴っただけですよ」

あまりに意外な結論に、香澄は暗闇の恐怖も忘れてぽかんとした。

「『なんて寝相が悪いんだ！』なんて怒られるのと『おやおや、また枕返しが出たようだ』と言われるのと、香澄さんはどちらがいいですか？」

「そりゃ、怒られるのは嫌……。あ、そうか」

寝相が悪いことを妖怪のせいにして子どもを怒らない。それがやさしさなのか。

久馬や艶煙がしていることと根は同じなのだろう。

政治や経済の記事を書くよりも、妖怪の記事を書くことで、久馬は読者を救おうとしているのかもしれない。

「そうして生まれた妖怪は、それからまた人によって様々な性格を与えられ、逸話を盛り込まれ、今のような姿になったのでしょう」

きっと久馬の記事も、いつの日か妖怪の逸話のひとつになっていくのだ。

「だからね、久馬さんもおやさしいんです」

「よけいなことは言うな、艶煙」

やさしいと言われるのはいやなのか、それともただ恥ずかしいのだろうか。

香澄は久馬を見あげて思わずほほえんだ。彼がやさしいのは、間違いない。ぶっきらぼうなのは、多分、恥ずかしがりなのだ。

それからも、ぽつりぽつりと話をしながら、香澄たちはぞろぞろと和泉家への道を進んだ。八重の死体といわれるものは、村にある家々の戸を不規則に叩いていくらしい。そのため、その夜どの辺りに現れるかを予測するのは難しい。だがそれは次第に和泉家に近づいているのだという。

小川に行き当たると、

「この先が和泉のお屋敷だよ」

と茶屋の老人が言った。

そこで死体が現れるのを待つことになり、香澄はハルと手を繋ぎ、ぴったりとくっついて、小川にかけられた橋の近くにしゃがんだ。ハルの隣には、彼女の祖父が小川の土手にのんびりと腰を据えている。その落ち着いた姿が香澄には救いだった。

きょろきょろと辺りに視線を配るが、星月の明かりしかなく、たいしたものは見えない。久馬は、やる気なさそうに土手にしゃがみ込んだ艶煙の傍らに立っていた。

さらさらと水の流れる音だけがやけに大きく響く。

香澄と繋いだハルの手は細かくふるえている。それはそうだろう。これから現れるのを待つのは、彼女の大切な友人かもしれないのだから。

それからしばらく、無言で待った。流水音と不気味に響く鳥の鳴き声くらいしか聞こえない時間が続く。

だが、途端に静寂は破られた。戸を激しく叩く音が響いた。

「ひ……っ！」

と、ハルが息を呑む。驚きに悲鳴をあげることさえできなかったのだろう。香澄もただ、その場でがくがくとふるえる。

香澄の心臓は胸から飛びだしそうなほど強く打っていた。恐る恐る音がした方角をふり返る。

「おや、現れたのでしょうか」

のんびり立ちあがった艶煙のつぶやきに答えることなく、久馬はすでに足音を立てないように静かに、けれど早足で歩き始めていた。香澄は力の入らない足で立ちあがり、ハルと手を繋いだままその後を追う。

久馬が立ち止まり、民家の壁の陰からその先をうかがう。香澄もちらりと彼の視線を追い、声をあげそうになった口を慌てて押さえた。

「や……」

戸を叩かれているのは、彼らがいた小川から半町《はんちょう》も離れていない家だった。長い黒髪を白い着物の背に垂らしたほっそりとした女が、一心不乱に戸を叩いている。

「殺したのは誰なんですか⁉」

女の高い声が響く。住人は目を覚ましているだろうに、家に明かりが灯ることはない。肩を寄せ合って息を殺しているのかもしれない。香澄とハルがそうすることしかできないように。

女は諦めたようにずるずると着物の裾を引きずりながら、隣の家に移動した。

「誰が殺したの⁉　知ってるんでしょう⁉」

問いかけを繰り返しながら、激しく木戸を叩く。

「ご覧なさいよ、久馬さん。あの女、影があります。少なくとも幽霊じゃないようですな」

「じゃあ、手で捕まえることができるってことだ」

香澄には、彼らの言葉の意味を考える余裕はなかった。暗闇にぼんやりと浮かぶ女の姿はあまりに衝撃的だった。

「ハルさん、どうですか？　彼女は八重さんですか？」

後ろ姿でも判じることはできるだろうか。

久馬に問いかけられたハルは、目を見張り、かたかたとふるえている。女の後ろ姿をながめる彼女の眼差しには驚愕《きょうがく》が貼りついている。

「や、八重ちゃん……!?」

悲鳴にも似た彼女の叫びに驚いたように、女は肩を跳ねさせてふり返った。はっきりとは見えなかったが、まだ若い——少女だ。

彼女はすぐさま走りだした。同時にハルがその場にくずおれ、香澄は慌ててそれを支える。

「あとは頼む！」

言い置いて、久馬が駆けだした。

足が速い。あっというまに彼らの姿は見えなくなった。

「大丈夫？」

ハルは腰が抜けてしまったらしい。香澄が肩を支え彼女の祖父が背中を撫でている。

「八重……八重ちゃんだった」

「間違いなく？」

艶煙の確認に、彼女は何度もうなずいた。

「み、見間違えるはずがありません。八重ちゃんです……。声も、八重ちゃん……」

「大丈夫だから、落ち着いて」

しくしくと泣きだしたハルを、香澄はぎゅっと抱きしめた。彼女の手が背中に回り、香澄の着物をすがるように握る。

香澄はしばらくそうやって、ハルが落ち着くのを待った。しゃくりあげていた彼女の呼吸が落ち着いてきたころ、艶煙が口を開く。

「戻って来たみたいですよ」

近づいてきた足音に顔をあげれば、白い着物を手にした久馬が歩いて戻って来るところだった。

「きゅ、久馬さん、それ……」

「安心しろ。中身が消えたわけじゃない。こいつを俺に投げつけて、黒い着物を着た女が逃げていった」

「じゃ、じゃあ……」

「あれは生きている人間だ」

久馬は手にした着物を艶煙に差しだした。艶煙はそれに触れて、「ふむ」とうなずく。

「ほんのり湿っていて温かい。汗と体温がある死体はないでしょうねぇ」

「でも、でも、あの顔は……八重ちゃんでした」

ふたたび泣きだしそうなハルの声に、彼女の傍らに膝をついた久馬は首をふる。

「彼女が八重さんなら、八重さんは生きていることになります。死体がさまよい歩くどころか、死者が生き返ったという話になってしまいますよ」

ハルの頬をぽろぽろと涙がこぼれ落ちる。さまよい歩いているものの顔が八重だっただけでも混乱しているだろうに、それが生きていると言われたのだから、何が何やらわからなくなってしまったのだろう。

ふと鼻先をかすめた匂いに、香澄は目をまたたいた。久馬からする煙草の匂いと対照的に甘い香りだ。その出所《でどころ》を探って、久馬の手にある着物に触った。温《ぬく》もりはほとんど失われてしまっているそれに軽く顔を近づける。

「これ……」

「どうした？」

「この匂い」

少し甘いが、甘ったるいほどではなく、やさしい香りだった。たしかに最近、どこかで嗅いだ覚えがある。

おずおずと手を伸ばしたハルに、香澄は白い着物の袖を差しだす。

「や、八重ちゃんの使ってた香《こう》じゃありません」

「でしょうね。八重さんではないのですから」

「でも、顔も声も……」

思い詰めた表情で、ハルは香澄の腕にしがみついた。香澄は彼女の背中を撫でながら久馬に伝える。

「私、この匂い知ってます」

「何？」

「あの人ですよ、ほら」

香澄の頭に思い浮かんでいるのは、先日言葉を交わした一人の女の姿だった。


死体を追いかけた翌日、通りをながめるように茶屋の縁台に座った香澄は、隣で煙草を吹かしている久馬に声をかけた。

「それで結局、どうするんですか？」

今朝、久馬は先日宿を求めた宿場町へ手紙を届ける手配をしてくれるように、ハルに頼んでいた。だがそれからは、こうしてぼんやりしているだけだ。

「役者を頼みにいく」

「役者?」

「死体役だ」

「その死体ですけど……」

昨夜、久馬が持ち帰った白い小袖の匂いから思い当たる人物が一人だけいた。それはもちろん八重ではなく、昨夜暗がりで見た、ハルが八重にそっくり——いや、顔も声も八重だと言った少女に似ても似つかない女性だ。

久馬は細く煙を吐く。

「死体ではなく生きている女。それも同じ顔、同じ声をした女だ」

「化粧でそこまでできるんでしょうか」

例えば肌の色を白くしたり、眉の形を変えたりすることで雰囲気を似せることはできるだろうが、誰かになり切るなんてことは簡単ではない。輪郭からして違っていたら、それこそ無理だろう。

久馬も同じ意見だった。

「無理だろうな。だが、逆はどうだ?」

「逆?」

「似ているものを、似ていないように見せる。芝居で化粧をしていた艶煙のことが、すぐにはわからなかっただろう？」

なるほど。そう言われると、たしかに似せるよりも、化けるほうがたやすいかもしれない。

「ハルさんからおまえが聞いた話だ。八重さんには妹がいて、養女にだされた。養子にだすこと自体はめずらしいことじゃないが、和泉家は金には困っていなかった。それにハルさんの話を聞いた限りでは、両親は娘を大事に育てていたらしい。それならもう一人娘を育てるくらいわけもなかったはずだ。じゃあ、それでも手放した理由はなんだ？」

それは香澄も気になっていたことだ。

金銭的な理由でなく子どもを手放す親もいる。親に子どもを育てるだけの能力がなかったり、親や家にとって都合の悪い子どもであった場合もだ。

和泉家では八重を育てたのだから、前者は違う。では都合の悪い子どもだったのか。

「まさか双子、ですか」

「そんなところだろう」

双子は縁起《えんぎ》が悪いと言われ、片方が養子にだされることはよくあるのだ。一度家からだし、あらためて養子として迎え入れるという手間を掛けることもある。

双子を忌んだのであれば、育てる余裕があるにもかかわらず娘を養女にだしたとしても納得がいく。

それに。

「同性の双子は見わけがつかぬくらい似ていることがある」

八重に似せて変装していたのではなく、もともと八重と同じ顔だったら。似せるよりも変えるほうが容易《たやす》い。

「つまり、八重さんの妹さんがお姉さんのふりをしている？」

「かもしれんだろう？」

「でも、どうして？」

「彼女は何をしていた？」

「何って……。誰が殺したのかって……」

八重が誰かに殺されたのだと疑って、彼女を殺した犯人を捜して訊ね歩いているというのだろうか。いや、和泉家の権力に口を閉ざしている村人たちを責めているのかもしれない。

あくまでも推測だが、それならばつじつまが合う。

「死体を演じている女を捕まえれば、すべてわかるさ」

「昨夜は逃がしたくせに」

香澄の指摘を、久馬はわざとらしく咳払《せきばら》いで誤魔化した。

「まぁ、もしその女に手紙が届いたら……」

久馬がそう言いかけたとき、十歳ばかりの少年たちが、連れだって香澄たちの前を駆けていく。

「傀儡師が来てるってさ！」

「待てよ！」

走り去っていく彼らを見送り、煙草の火を揉み消した久馬が立ちあがる。

「おいでなすったよ」

久馬と一緒に歩いていくと、その先に人だかりができていた。近づいていくと、輪の中では傀儡師が人形芝居を披露しているところだった。

「今朝の手紙って」

「彼女に宛てたものだ。都合が悪くなければ、岩井村まで来て欲しいとな」

派手な模様の着物に袖のない羽織を着た傀儡師は、首から提げた木箱を舞台に見立て、人形を器用に操っている。手元を赤い布で隠して両手で操る人形は、まるで生きているように動く。

厚い化粧。年齢のわからない徒な仕草。そして甘い香り。

それは先日隣の宿場町で出会った女だった。

「凄いですね」

演目は『大江山《おおえやま》の酒呑童子《しゅてんどうじ》』だ。酒呑童子とは平安時代の鬼の名である。夜な夜な娘たちをさらうというので、ときの天皇により討伐の命《めい》が下る。その討伐に当たった源《みなもとのよりみつ》 頼光と藤原《ふじわらのやすまさ》 保昌、そして頼光の四天王《してんのう》と呼ばれる四人の武士たちが、酒呑童子の首を取り、都へ凱旋《がいせん》する。——そんな物語だ。

子どもたちが目を輝かせて人形に見入っている。大人から子どもにまで人気の演目なのだ。特に今、怪異に怯えるこの村の人々にとって、鬼が退治される物語は心落ち着くものだろう。

きっと八重は、彼らにとって『鬼』のように恐ろしいものだから。

人形芝居が終わるまで、人の輪に加わってながめていた香澄たちは、女が人形をしまい始めるのを見計らって彼女に歩み寄った。

「こんにちは」

香澄が声をかけると、ふり返った彼女は先日と変わらぬ厚い化粧の顔に笑みを浮かべた。

「あら、記者さんとお嬢ちゃん。今朝、書状を受け取りましたよ」

「呼び立ててしまってすまない」

久馬の謝罪に、彼女は気にした様子もなく片付けをしながら首をふった。

「いいえ。そろそろ河岸《かし》を変えようと思っていたところです。こちらの村は最近辛気《しんき》くさいでございましょう？　ひとつ明るい演目でも披露しようかと」

ふぅわりと女から香るのは、昨夜死体を演じていた女と同じ香りだった。しかし顔をさらしているにもかかわらず、町の人々は誰も彼女の姿に声をあげない。

年齢さえ読ませぬ厚い化粧のせいだ。昨夜暗がりで見た、八重とそっくりだったという少女の顔を思いだしてみたが、やはり目の前の女とはまったく違うように見える。

彼女は丁寧な手つきで人形を箱に仕舞う。

「噂の歩く死体は見られましたかい？」

「昨夜ね」

久馬の答えに女は赤い唇を歪めるようにしてうっすらと笑った。背筋がぞくりとする笑みだったが、彼女はすぐに表情を変えると、

「さようですか。それはよぅございました」

と、にこやかに応じた。そして、ふと思いだしたように首をかしげる。

「それで、旦那。どんな記事になさるおつもりで？」

「それをまだ悩んでいるんだ」

答えながら、久馬は上着のポケットから一通の手紙を取りだした。

「世話になっている茶屋の孫娘が、夜な夜な歩き回っていると噂の八重さんの幼馴染だったそうで、彼女からの最後の手紙を見せてくれた。これをあんたにも見せてあげようと思って今日は呼んだんだが、見るかい？」

「手紙……？」

ぽつりとつぶやいた女に、久馬はハルから預かってきた手紙を差しだした。

何故それを自分に渡すのかと疑問に思っているような表情で、けれど好奇心に勝つことはできず、彼女は手紙に手を伸ばす。そうして受け取ったそれを、おそるおそるとばかりに広げた。

彼女の眼差しが、何度も何度も繰り返し文章をたどる。次第にその表情が痛みに耐えるように歪んでいく。引き結ばれたふるえる唇からは、今にも嗚咽《おえつ》がもれ聞こえてきそうだったが、彼女が声をもらすことはなかった。

時間をかけて読み終えた女は、すがるような眼差しで久馬を見る。

「これは……？」

「茶屋の娘さんが言うには、八重さんは子どものころから身体が弱かったそうだ。色白で美しかったけれど、病気がちだったらしい。ただそこに書いてあるとおり不治の病に侵されていたのなら、八重さんはその病で亡くなったのだと思っているし、そう思いたいと言っていたよ。だから、八重さんが自分を殺した誰かを探すような真似をすることはないと思っているし、何より八重さんが村の人たちに恐れられていることが辛いそうだ。それで俺もどんな記事を書こうか考えあぐねているわけだ」

「そう、ですかい……」

弱々しく応じた女は、やさしい手つきでそっと手紙をたたむと久馬にそれを返した。化粧に隠されて顔色はわからないが、表情は強ばっている。

「ここで起こったことをそのまま書くことが新聞記者の仕事ではあるんだが、心やさしい娘さんを怨霊のように書くのは気が引ける。なかなか難しいもんだよ」

久馬はそう言って、彼女に問いかける。

「あんたはどう思う？」

「あたしは……」

女は言葉を途切れさせた。その眼差しが揺れる。

怒り、憎しみ、恨み、哀しみ、そして迷い。

ずっと年上のようにも見えていた彼女が、香澄と同じ——いや、それよりもずっと幼く見えた。心細そうな目を久馬に向け、そしてやっと口を開く。

「あたしも、亡くなった娘さんが悪く思われるのは、いやですね」

「だろう？」

手紙を上着に仕舞い、久馬は肩をすくめた。女は硬い表情で人形を片付け、蓋を閉めた箱を背負う。その背中に久馬は語りかける。

「俺は、八重さんは毒を盛られていたのだろうと思っている」

「え？」

香澄は思わず声をもらし、女ははっと顔をあげた。けれどふり向くことなく、沈黙している。

「何言ってるんですか、久馬さん」

突然のことに慌てて声をかけたが、彼は香澄の焦りなど意に介さずに話し続ける。

「砒素《ひそ》という毒がある。それを食事に混ぜて少しずつ摂取させると身体の痺《しび》れや倦怠《けんたい》感《かん》の症状が出始め、いずれは死に至るという。かつては暗殺などに使われたらしい」

「砒素には防腐の作用があって、遺体が腐りにくくなる。知っておりますよ」

「…………！」

久馬の言葉に女が付け足した説明を聞いて、香澄は息を呑んだ。半年も前に埋葬されたにもかかわらず、美しいままだったという八重の話を否応なく思いだす。

まさかと否定し、もしかしたらと疑う。

砒素なる毒物の知識を持った者が美しい遺体を見たら、その人はどんな結論を導きだすだろうか。八重は何者かに砒素を盛られ、殺されたのではないかと、そう思うかもしれない。そこに殺人を犯す理由があるならばなおのこと。

女はゆっくりとふり返った。その目はひどく暗い。

憎しみ、だろうか。胸の奥にわだかまる、どうすることもできない苛立ちや嘆きが、その瞳の奥にうごめいている。

香澄は言葉に言い表すことのできない恐怖に背筋を粟立《あわだ》たせた。まだ日は高く明いのに、歩く死体を探しにいったあの夜よりも――あの死体よりも、今久馬を見つめる女のほうがずっと恐ろしく感じる。

けれど久馬は、彼女の眼差しを恐れるどころか、驚くことさえなかった。ただ、淡々と続ける。

「八重さんの遺体は腐乱していなかった。もちろん、砒素を摂取させれば遺体が保存できるわけではない。適した環境も必要だ。簡単にできることではないが、彼女の姿を説明するには砒素中毒という可能性が高いだろうと俺は考えている」

では、それを飲ませたのは誰なのか。八重が死んで得をするのは——。

八重は遺した手紙に、義母が手ずからお茶を淹れてくれるのが嬉しいと書き残していた。

確証はないけれど。

「八重さんが病か毒か、どちらで亡くなったのか、実際のところはわからない。手紙を読んだ限りでは、八重さん自身は病だと思ったまま亡くなったのだろう。真実は不明だが、そうであって欲しいと願うよ」

女は眼差しを伏せ、久馬から目をそらした。

「——毒を盛っていた者は、罪に問われぬのですかね？」

「罪に問われるべきだろうが、証拠はないし、子殺しの罪は軽い。それに噂や推測だけでしょっ引ける相手でもない」

「旦那。墓を掘り返したあたしが八重の姿を見て、何を思ったか、わかります？　八重を殺した相手を同じ方法で殺《あや》めてやろう。できないならば……」

彼女はふつりと言葉を途切れさせると、真《ま》っ赤《か》な唇にゆるりと笑みを描いた。

「恐怖にうちふるえ、自ら死を選んではくれまいかと」

「そうだな。司法が罰せないのであれば、他の方法を考えるしかない」

香澄には二人のやりとりを息を詰めて見守ることしかできなかった。

久馬が依頼されたのは、八重の噂を消すこと。彼女が望むのはおそらく、八重を死に追いやったかもしれない誰かの——八重の義母の断罪だ。

それは彼女が、八重の実の妹だから。

夜の墓場で土を掘り起こそうとするほどに、彼女は姉の死因を疑っていたのだ。

いっそ目を背けたくなるような、土に還《かえ》ろうとしている姿であったならば、彼女は疑いを胸にしまって哀しみを抱えつつも憎しみに駆られることはなかったかもしれない。それなのに彼女が目にしたのは、生きていたときと寸分違《たが》わない姉の姿だったのだ。

疑ったとおり、姉は何者かに殺されたのだと。それならば、その何者かの罪を暴くのが——いや、恐怖で苦しめるのが、自分のすべきことであり、八重の望むことだと、そう考えたのだろうか。

「でもそれで八重が化け物のように恐れられることまでは、考えませんでしたよ。怒りと憎しみで、頭の中は真っ赤でしたから」

女の笑みから力が抜けた。諦めにも似た表情を浮かべた彼女から、香澄は目を逸らした。

最早そこには先ほどの恐ろしい女はいなかった。いるのは力なくうつむく、ただの非力な少女だ。

「俺だとて、大切な者が殺されたと知れば、冷静な判断がくだせる自信はない。あんたが望んだわけじゃないことを、八重さんもわかってくれるだろう」

久馬はそう言って、彼女を慰めた。

「俺たちは八重さんの噂を消して欲しいと彼女の腹違いの弟から依頼されてここへきた。つまり、依頼人はあんたが八重さんを殺したと思っている女の息子でもある。だが……」

久馬はそこで言葉を一旦切り、続ける。

「姉を慕っていたという彼は、まだ十だそうだ」

女のしたことは、そんな幼い少年をも苦しめている。それが彼女の想定の内だったのかどうかはわからないけれど。

「ひとつ頼みがある」

久馬の言葉に、彼女は顔をあげた。

「八重さんのために、一芝居うってはくれないだろうか」

◆

草木も眠る丑三《うしみ》つ時《どき》。辺りは静まりかえり、草木が風に揺れる音しかしない。

そんな時刻に、和泉家の門を叩く者があった。

どんどんと激しく扉を叩き、叫ぶ。

「誰が殺したんですか⁉」

その言葉は、岩井村の者たちにとって、もはや聞き慣れてしまったものだった。

毎夜毎夜、彼女はそうやって、殺人者を捜して回っていたのだ。

屋敷に明かりが灯り、騒がしくなる。

この屋敷にも、とうとう恐れていたものがやってきた。

『八重』がやってきたのだ――と。

「誰が殺したのか、あなたたちは知っているのではないの⁉」

繰り返す問いかけに答える者はいない。

激しく叩かれた扉が勢いよく開いた。屋敷内から悲鳴があがり、慌ただしい足音が響く。

「違う、違う！」

髪をふり乱した寝間着姿の女が、半狂乱となって裸足《はだし》で表に飛びだしてきた。もう逃げることも隠れることもかなわぬと悟って、懺悔《ざんげ》でもするつもりだろうか。

「お母さんっ！」

彼女の後を追ってきたのはまだ幼いとも言える少年――彬人だ。

「私じゃないっ！　私が悪いんじゃない……っ！」

開いた門の前に立つ白い着物姿の『八重』の前に転がりでて、彼女はその脚にすがりついた。

「奥様っ！　しっかりなさってください！」

家人は遠くから声をかけるだけだ。『八重』を恐れて近づけないでいる。彼女の身を案じてその傍らに膝をつき、『八重』から引き離そうとするのは彬人だけだ。

彼は『八重』を恐れない。愛しい姉だからではない。『八重』の正体を知っているからだ。

『八重』は、脚にすがりつく女を見おろした。

「誰が殺したの……？」

「あ、あの人が、あんたを選んだからよ！　だから悪いのはあの人よ！」

『八重』の問いかけに彼女は叫んだ。彼女の目には、『八重』が墓から這いでてきた義理の娘に見えているのだろう。つまり彼女の言うあんたとは八重のことだ。

『八重』がうっすらと笑った。それに恐怖をあおられたか、後妻は喉を引きつらせて続ける。

「だから、だから私はあんたのお茶に毒を……っ！」

彼女が罪を告白したのとほぼ同時に、『八重』が問いを重ねる。

「誰が……小夜《さよ》を殺したの……？」

彼女の言葉に、一瞬、彬人の母の動きは止まった。屋敷の者たちも、息を詰めて二人のやりとりを見守る。

――小夜とは、誰だ？

おそらく、人々の頭の中には、そんな疑問が浮いただろう。

『八重』は一体、誰を探しているのか。

自分を殺した者を探しているのではなかったのか？

まさに今、罪を告白した女を恨んで、黄泉《よみ》の国から舞い戻ってきたのではなかったのか？　――と。

母の肩に手を置いたまま、彬人が『八重』を見あげた。

「小夜さんというのは、姉さんの妹の？　養女にだされた？」

この場で小夜の名に覚えがあるのは、彬人だけだ。彬人は八重から聞き知っていたが、小夜の存在は秘されており、古くから和泉家に奉公している者たちのさらに一部しか知らない。

彬人は立ちあがり『八重』と向き合う。

「坊ちゃん！　ああ、旦那様！　いけませんっ！」

家人が止める声に耳を貸さず、彼は『姉』に問いかける。

「小夜さんが殺されたのですか？　いつ？　どこで？」

『八重』が乾いた唇をふるわせる。

「わからないの……。でも、小夜は……私のところへ来たの……。殺されたって、哀しいって、苦しいって……」

「可哀相に」

「あの子は弔ってくれる人もなくて、どこに行けばいいのかわからずに迷っているから。だから、助けてあげたいの……」

『八重』は自分を殺した誰かを探していたわけではなく、どこかの誰かに殺されて、成仏できずにさまよう妹の小夜を救って欲しいと訴えたかっただけなのだ。妹が殺されたのだと伝えて、弔って欲しいと。

哀しそうに言う姉に彬人はほほえんだ。

「大丈夫ですよ、姉さん。小夜さんがどこで誰に殺されてしまったのかを調べることは難しいですけれど、私が姉さんと一緒に小夜さんを弔ってあげるから」

「本当に？」

「うん。だから、姉さんも、安心して成仏してください」

弟の言葉に『八重』はほっとしたように穏やかな表情を浮かべた。

「ああ、本当に？　小夜と一緒に逝《ゆ》けるの？」

「はい」

「ありがとう。ありがとう、彬人さん。小夜もきっと喜んでくれる」

何度も感謝の言葉を繰り返し、『八重』は彬人の頬に触れた。

「ありがとう……」

最後にもう一度礼を言うと、『八重』はするりと彬人から離れた。そして何事もなかったかのように彼に背を向ける。

「ま、待て……！」

家人が数人、『八重』を追おうと足を踏みだしたが、彬人が彼らを呼び止める。

「追ってはいけない」

と。

「姉さんは今の姿を、もう誰にも見られたくなどないだろうから」

主人にそう言われてまで後を追う者はなく、『八重』はそのまま、暗闇の中へ姿を消していった。

「あ、彬人！」

『八重』が消え、止まっていた時が動きだしたかのように、彬人の母は息子にすがりつく。しかし彼女を見おろす彼の目は冷たかった。

――だから私はあんたのお茶に毒を……。

「お母さん」

彬人は淡々と母に呼びかける。

「砒素、という薬をご存知ですか？」

「ひ……っ！　わ、私……知らな……」

息子の問いかけに、母の顔から血の気が引いた。篝火《かがりび》の明かりがゆらゆらとその頬で揺れる。

見開かれた眼差しには、恐怖が滲《にじ》んでいた。

「私はやさしい姉さんのことが大好きでした」

「あ、あなたの……あなたのために……」

「本当に、大好きだったのですよ」

彼の言葉に、彼女は息子の寝間着から手を離した。

息子の拒絶に気づかぬほど、彼女は愚かではなかったようだった。

◆

香澄は墓の近く、今にも朽ち果てそうなあばら屋にいた。小さな蠟燭《ろうそく》の火を前にして、久馬の隣で小さくなって座っている。

久馬はさきほど美しい娘の死体を墓に埋め戻した。ちらりと見た彼女はまるでただ眠っているかのように綺麗だった。それでもいつかは他の遺体のように腐り、骨になり、土に還るのだと彼は言っていた。だから埋め戻してやるのが正しいのだと。香澄は息をひそめて、彼が八重の遺体を埋めるのを見ていることしかできなかった。

若くして亡くなった同じ年の少女が、穏やかに眠れることを祈って。

蠟燭の火をながめていた香澄は、それが大きく揺れたのに気づいて顔をあげた。戸のない戸口に顔を向ければ、黒い着物を身に纏《まと》った傀儡師——小夜が顔をのぞかせる。その手には白い着物が握られていた。

「茶番はうまくいったか？」

久馬が声をかけると、彼女はちらりと笑った。化粧を落としていると、眼差しこそ少々ひねているが、年相応の一五、六の娘に見える。そしてその顔は、先ほど見た八重とうり二つだった。

彼女は疲れたように溜息をつきながら小屋に入ってくると、香澄たちの向かい、抜けそうな床に座った。

「ええ。あの女、腰を抜かしてましたよ」

どこか諦めたような、満足してはいない笑みを浮かべている。

八重の双子の妹である小夜は、産まれてすぐ江戸の呉服店に養女にだされたのだという。しかし十にもならぬころに町が火事になり、店と家族を亡くした。さまよい歩いていたところをその後親代わりとなってくれた傀儡師に拾われたのだそうだ。

八重という姉がいることは養父母から聞かされていたが、同時に、会うことはまかり成らぬとも言われていた。けれど彼らを失い、旅から旅への生活になったことで、彼女は定期的に姉の元を訪ねるようになったのだった。八重も小夜が訪ねていくことを喜んでいたのだという。

　それが久しぶりに訪ねてみれば、八重は病で亡くなっていた。まさか殺されたのではないかと疑い、墓を掘り返せば、出てきたのは美しい姿のままの姉だった。

　すぐに噂で聞いたことのある砒素中毒を疑った。その後、和泉家の者に異常な八重の姿を見られたことで、小夜は彼女の遺体をとっさに隠した。そして死体の芝居をして、犯人を追い詰めようと思いつき、それを実行したらしい。

「満足はできないだろうが……」

　これで諦めてくれと久馬が言外に伝えると、彼女はゆるくうなずき、視線を膝に落とした。

「あの女は八重に毒を盛ったことを認めました。本当なら磔《はりつけ》にでもしてやりたいところですけどね」

　物騒なことを言った彼女は、力なく口元を緩める。

「あたしも、八重を怨霊にしたいわけじゃなかったんです。それに八重が可愛がっていた弟を苦しめたかったわけでもない。あたしにとってもあの子は弟のわけですし。それに、可愛い息子に自分の罪を責められるのは、あの女にとって何よりもの罰でしょうよ」

「あとは家長である彬人さんが落とし前をつけてくれるだろう」

「あい。あの子のことは信用しています」

久馬が書いた筋書きを演じるために、小夜と彬人は短い時間だったが顔を合わせた。小夜は八重に悪い噂を立ててしまったことを、彬人は八重を守れなかったことをそれぞれ謝罪した。そして彼らは久馬が提案したとおり、恨みさまよう死体と恐れられた八重を『妹思いのやさしい姉』に変えたのだった。

二人の間に遺恨はない。

顔をあげた小夜は、さっぱりとした表情をしていた。姉と、彼女を殺そうとした女への思いを吹っ切れたのだろうか。

いや、そんなに簡単にはできないだろう。けれどこれ以上、香澄たちにできることはない。憎むのも恨むのも許すのも、彼女自身にしかできないことだから。

重い沈黙が落ちたところへ、仕掛けを見届けにいっていた艶煙が戻ってきた。暗い雰囲気を察してか、ひょいと片眉を持ちあげる。

「おや、どうされましたか？」

「うまくいったようだな」

「もちろんですよ。彬人さんもうまいこと追っ手を引き止めてくださいましたしね」

ふふんと笑って、彼は香澄の隣に腰をおろした。

艶煙も無事に戻り、香澄は安堵の息をつく。

「これで八重さんは、村の人たちにやさしい娘さんだったって思いだしてもらえるでしょうか」

香澄の言葉に、小夜はほんのりと笑った。

「あたしのせいで、八重にはひどいことをしてしまったけれど、あんたたちのおかげで引き返すことができたよ」

もしも彬人が依頼をしてこなかったら、八重は義理の母親を取り殺した娘として語り継がれることになったかもしれない。

これでよかったのだと思う。けれど香澄にはひとつ気にかかっていることがあった。

「『小夜』さんを殺してしまいましたけど、よかったんですか？」

「いまさらさね。この村で小夜は死んだも同然だったのだから」

香澄の問いかけに肩をすくめた小夜へ、艶煙が久馬を指さす。

「まぁ、殺したのは筋書きを書いた久馬さんですから、文句はこちらへどうぞ」

「おまえも片棒かついだだろうが」

言い合う二人に小夜が訊ねる。

「この筋書きでは、八重と小夜はあの世で仲よく暮らすのでしょうね？」

「あんたがそう望むならね」

そう答えた久馬に、小夜は幼さを残す顔で笑った。

「それならば、あたしには何も言うことはありません。あたしは和泉小夜じゃない。ただ流れる、旅の傀儡師です」

彼女の表情は、思いのほか穏やかで、香澄は少しだけ安堵した。


死体が歩き回ると噂された岩井村の事件の記事はこう終わる。

——妹の無念を晴らすため墓より戻りし八重、幼き弟に供養され、妹の小夜と共に成仏し、その後さまよい歩く姿は一度も見られておらぬと云う。

第四話　神隠しの怪

蟬《せみ》の声がうるさく聞こえてくる季節。日に日に気温が高くなり、日陽新聞社の編集室でも、ひらひらと団扇《うちわ》をあおぐ姿が見られる。誰も彼も仕事はなかなか進まないようだ。

昼をすぎると暑さをさけてサロンで昼寝を決め込んでしまう久馬だが、今のところだらしなく椅子に腰かけて、妖怪の本を片手に団扇をあおいでいる。香澄は仕分けした手紙のうち、久馬宛のものだけまとめて彼に差しだした。

「はい、久馬さん。今日のお手紙です」

「ああ」

以前、艶煙から彼宛に《裏稼業》の手紙が届いたことがある。それ以降、香澄は久馬宛の手紙については、差出人を確認するようにしていた。たいがいは知らない名前だが、たまには知っている名を見つけることもあった。

そして今日はまさに、香澄も顔見知りの人物から手紙が届いていた。内容が気になって、思わずその封筒を指さす。

「これ、彬人さんからの手紙じゃないですか？」

「読みたいのか？　ほらよ」

内容を確認することもせず、久馬はそれを香澄の手に戻した。

差出人は岩井村の和泉彬人だ。一月ほど前、久馬たちに《裏稼業》の依頼をしてきた少年である。

香澄はいそいそと封を切り、手紙を取りだした。つたないながらも丁寧に書かれた彬人からの便りを読む。

殺された恨みでさまよい歩いていると噂され恐れられた彬人の異母姉の八重は、生き別れた実の妹を想《おも》い黄泉から戻ってまで助けを求めにきた、情の厚くやさしい娘だと言われるようになったそうだ。新聞の効果は絶大で、これまではさまよう死体の噂に隣の宿場町さえ避けていた旅人たちが、わざわざ岩井村で足を止めて墓に参ることもあるらしい。それも落ち着いて、いずれは他愛《たわい》ない昔話になってくれることを願っている。

――と、そうつづられていた。

封筒に一緒に入っていたハルからの手紙には、柔らかな文字で感謝の言葉と、今度はゆっくり遊びにきて欲しいと書いてあった。

久馬を見返すために始めた彼らの《裏稼業》の手伝いだったが、こうして感謝の言葉を聞けばやはり嬉しいものだ。

ただ、その手伝いは三ヶ月間の約束だった。彼らと出会ったのは四月の半ば、約束をしたのは四月の終わり。今はもう七月だ。つまり彼らの裏家業の手伝いを香澄ができるのも、あとしばらくしかない。

久馬を見返したい。そんな気持ちがまだ残っているのもたしかだが、それよりも今は、誰かを助ける彼らのそばにいて、それを見ていたいと思っている。

けれどたいして役に立ってもいない自分が、この先も手伝わせて欲しいなんて図々しいことは言い辛い。せめてもう少し彼らの力になれればいいのだが。これといって特技もなく、あるといえば思い切りのよさくらい。

己の無力ぶりに溜息をつきそうになった香澄だったが、期限が来るまでは全力で手伝おうと気を取り直す。ある意味それが自分の取り柄なのだし、後ろ向きになろうと前向きになろうと、残された時間は変わらないのだ。

「彬人さんもハルさんも、お元気なようですよ」

二人からの手紙をたたみ、封筒と一緒に差しだした香澄は、広げた手紙を片手に久馬が硬直しているのに気づいた。その横顔は白く、血の気が引いているようにも見える。

「久馬さん？」

「あ、いや。――なんだって？」

はっとしたように久馬は手紙をたたみ、香澄を見あげた。

「彬人さんとハルさんからの手紙です。新聞記事のおかげで、旅の方まで八重さんのお墓にお参りをされるようになったそうです」

「そうか」

「ぼんやりしちゃって、どうしたんですか？　暑気あたりとか？」

「そう、俺は夏の暑さが苦手なんだ」

久馬はぎこちない手つきで香澄から手紙を受け取ると、それを他の手紙とまとめて机の抽斗《ひきだし》へしまう。残されたのは先ほどまで久馬が読んでいた一通の手紙だけだ。

差出人はたおやかな筆で『千《せん》』の一文字。住所も姓もない。

それが誰で、手紙に何が書かれていたのか、香澄にはわからない。ただ、久馬の様子がおかしいのは、おそらくそれのせいなのだろう。

「その手紙、どうかしたんですか？」

「知り合いからだ」

彼はそれだけ言って立ちあがると、上着を手にし、まるで顔を隠すよう目深に帽子をかぶった。

「少し出てくる」

「今日も暑いですよ？」

暑いのが苦手と言いながら、逃げるように部屋を出ていく久馬の背中を、香澄は首をかしげて見送った。


編集室の掃除を終えた香澄が新聞社のビルの一階にあるサロンへ下りていくと、そこには艶煙の姿があった。週の半分をサロンですごしている彼は、今日も仲間たちに囲まれて談笑している。

香澄はテーブルや棚を布巾《ふきん》でふきつつ、サロンに集まっている男たちへ挨拶をしながら艶煙のいるテーブルに歩み寄った。

「こんにちは」

声をかければ、同じテーブルにつく男たちから口々に挨拶が返ってくる。艶煙は、煙管の煙をくゆらせながら細い目で笑った。

「こんにちは、香澄さん」

彼はとんとんと灰を落とすと、あらためて香澄を見あげる。

「どうかしましたか？　元気がなさそうですけど」

「そうですか？」

香澄は手の甲で頬をこすった。久馬のことが気になっているが、まさか顔に出ているとは思わなかった。

「悩み事があるのでしたら、いつでも相談にのりますよ。とりわけ恋の相談は大歓迎です」

やたら嬉しそうに相談相手を自薦する艶煙に、彼とテーブルを囲む男たちが喉を鳴らして笑う。

「香澄ちゃん、恋の悩みを艶煙にするのだけはやめておけよ」

「そうそう。駄目な大人の代表みたいな奴なんだから」

「二股三股なんてかわいいもんだ」

「ただれた恋愛しかしたことがないに違いない」

気安くこきおろす彼らに、艶煙は唇を突きだす。

「失礼ですねぇ。あたしだって熱い恋のひとつやふたつしたことがありますよぅ」

どうにも相談相手には不向きそうな艶煙とその仲間たちに、香澄は愛想笑いで応じてテーブルから離れようとした。が、ふと足を止める。艶煙なら過去の依頼人のことはもちろん、久馬の交友関係も多少は知っているのではないだろうか。

「ね、艶煙さん。久馬さんの知り合いで、千さんって知ってます？」

「千？」

新しい煙草を煙管に詰めながら、彼は首を傾けた。情報が足りなかったかもしれないと思い、付け加える。

「今日、久馬さんに届いた手紙の中に、『千』さんからのものがあったんです。住所も何も書いてなくて、どうしてだろうって気になったから」

「その千さんがどうしましたか？」

艶煙は知っているとも知らないとも言わなかったが、おそらく知っているのだろう。知らなければ、あえて答えずにそんな問いかけをしたりしないはずだ。

「その手紙を読んでから、久馬さんの様子がちょっとおかしかったんです」

「おや、なんだい？　香澄ちゃんの悩みは内藤のことなのか？」

「あいつがいいのは顔だけだから、気をつけるんだよ」

「日がな一日、だらだらしてるのが仕事みたいな奴なんだから」

さっそくからかってきた男たちに香澄は慌てて言い訳する。

「ち、違います！　そういうのじゃなくて、同僚としてですね……！」

しかし久馬のことが気になるのだと言えば、真っ先にからかってきそうな艶煙がそうすることはなかった。彼は遠くをながめるように目を細める。

「そういえば、そろそろそんな時期ですねぇ」

「？」

この時期——夏に、どんな意味があるというのか。香澄は首をかしげて先をうながす。煙草に火をつけた艶煙は、細く煙を吐いてから続けた。

「もう、七年、八年になりますか。こんな夏の暑いころ、久馬さんの従妹《いとこ》が《神隠し》に遭ったんですよ」

サロンを出た香澄は、表の掃き掃除をしながら、さきほどの艶煙との会話を反芻《はんすう》していた。

艶煙は『千』という人物を知っているようだったが、それが誰であるのかを教えてはくれなかった。だが夏になると久馬は様子がおかしくなり、それは従妹が神隠しに遭ったのが原因なのだと言った。

『千』なる人物と、久馬の従妹の神隠しは、繋がりがあるのではないだろうか。

神隠しなどという怪異が実際にあるのかはわからない。人さらいや駆け落ちを、神隠しと言いかえただけかもしれない。

そう、久馬たちが誰かを救うために、怪異をでっちあげるように。

「神隠し……」

ぽつりとつぶやいたとき、足下に影が落ちた。同時に声をかけられる。

「こんにちは。こちらの新聞社の方ですか？」

手を止めて顔をあげれば、そこには以前顔を合わせた久馬の従兄である松野勝之進が立っていた。今日は巡査の制服ではなく着流し姿だ。

「ああ、きみは。香澄さん、だったかな？」

「はい。先日はお世話になりました」

「いや、力になれなくて申し訳なかった」

謝罪する勝之進に、香澄は慌てて手をふった。

彼にも立場があるのだから仕方がない。久馬とてそれをわかったうえで、ただ高梨実篤の身元を探るためだけに彼を訪ねたのだろう。だというのに怒らずにいられなかった自分の幼さが、落ち着いた今は少し恥ずかしい。

「こちらこそわがままを申しあげたこと、大変失礼いたしました。今日は久馬さんを？」

「そう。話があってきたんだが、いるかな？」

「久馬さんは先ほど出かけてしまって」

久馬の不在を伝えようとした香澄は、ふと思いついてつぶやく。

「従兄……って、もしかして」

「はい？」

不思議そうに首をかしげた勝之進に、香澄ははっとして口を押さえた。

「いえ、あの……」

何か言い訳をしなければならないと思えども、よい言葉は思い浮かばず、結局正直に打ち明ける。

「久馬さんの従妹が、神隠しに遭ったと聞いたものですから、もしかして何かご存知かと」

勝之進はわずかに目を見張り、少し寂しげにほほえんだ。

「私の妹ですよ。ちょうどあなたくらいの年の頃、夏祭りに出かけて、そのまま」

彼の表情を見て、赤の他人が軽い気持ちで訊ねてよいことではなかったと気づく。

「すみません。ぶしつけに」

「かまいませんよ。昔の話ですから」

謝罪して頭をさげた香澄に顔をあげるようにすすめ、彼はビルの二階を見あげた。

「今日も、その話をしにきたんですが……」

この時期――彼の妹が行方《ゆくえ》知れずになった時期にわざわざ職場まで久馬を訪ねてきたのには、何か深い理由があるのだろうが、さすがに訊けない。

勝之進が、本来なら久馬がいるはずの二階を見つめたままぽつりとつぶやく。

「千世《ちせ》は、神隠しに遭ってよかったのだ」

「え？」

「いや」

思わず問い返した香澄に、声にだしていた自覚がなかったのか、勝之進がなんでもないと言うように首をふった。しかし香澄が気になったのは、彼のつぶやきの意味よりも、その名だった。

「ちせさん、というのは、どう書かれるんですか？」

「千の世と書いて千世です。生きていれば二十三ですよ」

「千……」

久馬に届いた手紙の送り主――『千』と同じ文字を持つ千世。久馬に届いた『千』からの手紙と、彼の従妹の《神隠し》が繋がった。

「久馬は元気ですか？」

血の気の引いた久馬の顔を思いだしていた香澄は、勝之進の問いかけにうなずく。

「はい。――でも」

昨日までは精力的ではないが仕事をこなしていたし、元気と表現して差《さ》し支《つか》えなかったと思う。けれど今日、あの手紙を読んだ彼は、とてもそうは言えない顔色だった。何か思い詰めているような。

「今日は少し様子がおかしくて、それで気にしていたら、そろそろ従妹の娘さんが神隠しに遭った時期だからだろうと教えてくれた方がいたんです」

「そうでしたか。あいつもやはり、まだ気にしているんだな」

「何をですか？」

勝之進の憂わしげなつぶやきが気になって、ふたたび無神経に訊ねてしまったことに気づいた香澄は、慌てて謝る。

「私、また……。すみません」

もう一度頭をさげた香澄に、勝之進は久馬に似た顔で、けれど彼が香澄に向けることのない穏やかな笑みを浮かべた。

「きみは久馬のことを心配してくれているんだね」

「……そういうわけじゃ」

久馬を心配していると素直に認められずに視線をさまよわせながら小声で否定した香澄へ、勝之進はそれ以上何も言わなかった。まるで「わかっている」と言わんばかりの対応が気恥ずかしい。

久馬にはいつものように嫌味に笑っていて欲しいだけだ。

だいたい久馬のことを心配する義理などない。香澄の目的は彼を見返す――彼に認められることなのだから。それなのに彼の元気がなければ気になってしまうのは、長く近くにいたからだろう。情が移るとは、多分、こういうときに使う言葉なのだ。

勝之進は困ったように鬢の辺りをかいた。

「ちょっとね、そのときにいろいろあったんだ。久馬には本当に申し訳ないことをしてしまった」

香澄は彼の言葉に目をまたたいた。

消えたのは彼の妹だ。それにはおそらく、久馬や艶煙が関わっているのだろう。久馬が勝之進のことを騙していて、それを気にかけているのならば理解できる。けれど勝之進が久馬に申し訳なさを感じる理由など、どこにあるのか。

一体そのとき、彼らの身に何があったのだろう？

疑問を抱く香澄をよそに、勝之進はひょいと手をあげた。

「私が訪ねてきたことだけ伝えてくれるかな。久馬のことをよろしく頼むよ」

勝之進はそう言って帰っていった。香澄は雑踏の間に彼の背中が見えなくなるまで、その場に立ち尽くしていた。


勤務時間を終えて新聞社を出た香澄は、数歩歩いたところで先からやってくる久馬の姿に気がついた。

「久馬さん、お帰りなさい」

軽く手をあげた久馬は、まだ表情に覇気がない。いや、いつも溌剌《はつらつ》としているわけではないけれど。やはり元気がない様子だった。

香澄の手前で立ち止まった彼は、上着の内ポケットから取りだした懐中時計を確認する。

「もう帰る時間か。気をつけて帰れよ」

再度手をあげて歩きだそうとした久馬の袖を香澄はつまんだ。

「久馬さんが出かけられてから少し後に、勝之進さんが訪ねてこられましたよ」

彼はぴたりと動きを止めて香澄を見やり、しばらくしてから口を開いた。

「伝言は？」

「来たことだけを伝えて欲しいってことでした」

「そうか」

眉を寄せ、何か考え込むように視線をそらした彼に、香澄は続ける。

「妹さんのことを話しにこられたそうです」

久馬の目元がぴくりとふるえた。

香澄は勝之進の笑顔を思いだしながら、久馬に訊ねるべきかどうか迷って、中途半端につぶやく。

「妹さんが……」

彼から表情が消えたのを見て、香澄はうつむいた。訊かないほうがいいとわかっていても、彼の気持ちをふさいでいるものについて知りたかった。

「妹さんが、神隠しに遭った、その話を」

「そうか。七年前の夏のことだな。まだ一六だったよ」

なんでもないことのように応じた久馬に、香澄は意を決して顔をあげ、問いかける。

「本当に、神隠しだったんですか？」

「何故？」

「千世さん、と名前をうかがいました」

「それがどうした？」

「今日届いた手紙、『千』さんからでしたよね？」

久馬は無言で煙草の箱を取りだすと、煙草をくわえて火をつけた。

「千世さんからじゃないんですか？」

「──少し歩くか」

香澄の質問に答えることなく、久馬はビルに背を向けて歩き始めた。香澄が隣に並ぶと、彼は煙をくゆらせながら口を開く。

「いいか。これからおまえに話すのは、七年前に、俺たちの周囲であったことだ。隠さずに話してやるのは、おまえが誰彼かまわず話を聞き回ったりしないためだ。心して聞けよ」

「そんなことしません」

「どうだか」

　彼は香澄の答えを信用していないらしく、煙草をくわえたまま鼻で笑った。出会ったばかりのころよりは信用を得たと思っていたが、まだまだだったようだ。それくらい他人に詮索されたくない類いの話なのかもしれないが。

「――千世は俺にとっては従妹や幼馴染というよりも、妹のようなものだった。そんな千世がある日、俺に助けを求めてきたんだ。『好いた男がいるが、彼は職人で、父親に結婚を反対されている。駆け落ちをするつもりだが、うまくいくかわからない。どうしたらいいか』ってな」

　千世が実の兄よりも久馬を頼ったのは、従兄妹《いとこ》という立場上、家のことよりも彼女の身を案じてくれると思ったからだろうか。それとも久馬がそれくらい彼女のことを大切にしていたということか。彼女もまた久馬のことを兄のように慕っていたのかもしれない。

「俺もまだ若かった。千世を助けてはやりたいが、どうすればいいのか困って、父の知り合いだった艶煙に相談したんだ」

　香澄は彼の言葉に驚いて、思わず問いかける。

「艶煙さんって、久馬さんのお父《とう》さんのお知り合いだったんですか？」

「どこぞの遊び場で知り合ったらしい。囲碁《いご》仲間だったか、釣り仲間だったかな。ときどき役宅にも遊びにきていた」

「艶煙さんっていくつなんです？」

「俺も知らんが、俺よりいくつか上なだけじゃないか。父はよく『おかしな餓鬼だ』と笑って話していたから」

香澄の疑問に答えた久馬は、家に遊びにきていたという艶煙の姿を思いだしたのか、かすかに笑みを見せた。けれどそれはすぐに消える。

「艶煙は二人で駆け落ちさせるのではなく、夏祭りの日に千世を一人で旅にだすように言ったんだ。そうすれば追っ手を混乱させることができる。京《きょう》までは艶煙が同行し、知人の家に預ける、とな。そして準備を整えて迎えた祭りの日、千世は姿を消し、人さらいか駆け落ちかと騒ぎになった。近所の住人たちも総出で近辺を探したが千世は見つからなかった。当然だがな」

喉で笑った彼は、指で弾《はじ》いて煙草の灰を落とす。

「千世の恋人が消えていなかったことから、駆け落ちではないという結論はすぐにでた。彼には何も教えていなかったから、申し訳ないほどに気落ちしていたな。彼についてはそれからしばらくして艶煙が、九州で新しい技法を学んではどうかとうまく言って旅立たせた。その後二人は京都で再会し、そのまま九州に移り住んで、めでたしめでたし」

「じゃあ、千世さんは今も二人でお元気に暮らしているんですね？」

「二人目の子どもが産まれたそうだ」

それが今日届いた手紙の内容だったのだろう。彼の表情からは喜ばしい報せには思えなかったが。久馬の様子も気になるが、彼の話に《神隠し》という言葉が出てこなかったことも気にかかる。

「それで千世さんを神隠しってことにしたんですか？　あ、ご家族が哀しんだからそうしたとか？」

「いや……」

久馬は言いにくそうに口ごもり、煙を吐いてしばし間をおく。

「たしかに、千世の母親も勝之進も、ひどく哀しんでいたんだが、落ち着いたら真実を話せばいいと、そのときは思っていたんだ。まさか九州まで連れ戻しにいくこともないだろうと……」

彼は煙草を捨てると靴底で火を揉み消した。道ばたで立ち止まり、しばらくの間沈黙する。香澄も足を止め、彼がふたたび口を開くのを待った。

「千世が消えてしばらくして、『千世の父親は娘を吉原《よしわら》に売ろうとしていた。だから、千世は家から逃げたのだ』という噂が立った」

「え？」

「叔父《おじ》は見栄《みえ》っ張りで金遣いが荒くてな。勝之進も稼いではいたが、暮らし向きはよくなかった。だからそんな噂が立ったんだろう。だが、家柄にうるさく見栄を張りたがる叔父がそんな噂に耐えられるはずがなくてな、彼は噂をすり替えた」

久馬の口元に叔父へ向けた嘲《あざけ》りとも、自嘲《じちょう》ともいえない笑みが浮かぶ。

「千世は俺の許婚《いいなずけ》で、俺の元に嫁ぐのがいやで逃げたのだと」

香澄は目を見張り、彼を見あげた。

「なんですかそれ！　ひどい言いがかりじゃないですか！」

「だが千世を逃がしたのは俺だ。それがうしろめたかった俺は、許婚に逃げられた男と笑われようと、若い娘の将来を台無しにしたと誹《そし》られようと、その噂を否定しなかった」

それにしたってひどい話だ。その叔父が、娘の望む幸せを否定したから、久馬は彼女のために手を貸すことになったのだ。たとえばそれが、娘を亡くした哀しみによる暴言だったら、同情できないこともない。けれどその叔父とやらは保身のために、久馬の評判を犠牲にしたのだ。

「久馬さんはもっと怒っていいと思います！　どうしてそのとき、本当のことを話さなかったんですか⁉」

　自分が久馬の立場だったら悔しくて堪《たま》らないと思って言えば、なだめるようにぽんぽんと頭を撫でられる。

「まだ本当のことを告げるには時間が経っていなかったし、千世が望むときまでは秘密にすると約束もしていたんだ。まあ、叔母と勝之進は俺をかばってくれたから、黙っていられたんだが。とはいえ近所からの風当たりは強くて、しばらくは外に出かけることも控えていたくらいだ。母には悪いことをしてしまった」

　若かった彼は、きっと傷ついたのだろう。かばってくれる叔母や従兄弟《いとこ》にも、苦しめた母にも、千世の幸せを願えばこそ本当のことを話すことができず、ただ噂が消えるのを待ったのだ。すべてを知るのは、久馬以外には消えた千世本人とその夫、それから艶煙だけだったのだろうから。

「そんなとき、艶煙が瓦版を一枚もって、ひょっこりやってきたんだ。それには、千世が消えた夏祭りのあったその神社では過去にも神隠しで消えた娘がいて、この夏にも娘が一人神隠しに遭ったと、大々的に取りあげられていた。読めばすぐに千世のことだとわかる記事でな、それを読んだご近所の態度は手のひらを返したかのようだった。神隠しならば仕方がない。神隠しならば、いつか帰ってくることもあろうから、気を落とすなと急に俺を励ましてみたり」

彼は愉快そうに喉を鳴らして笑ったが、目は笑っていなかった。

「誰のせいでもない。怪異のせいにしてしまえば、誰も責められない。以前も話したが、艶煙を手伝うようになったのは、それを身をもって知ってからだ」

久馬はすべて話し終えて安堵したように、大きく息をついた。

「千世は初めのうちは艶煙に手紙をだして近況を報せてくれていたが、今は『千』として俺に宛てて新聞社に送ってくるようになった。あいつが幸せなら、俺はそれでいいんだよ」

一度目を閉じると、彼は穏やかにほほえんだ。そこには千世に対する愛情のような――親愛の情のようなものがにじんでいた。

彼はそんなふうに笑う人なのだ。香澄に対してはどこか意地悪だけれど、根はやさしい。

そうだ。いくら自分が救われたからだとしても、やさしさがなければ、嘘の記事を書いて世間を騙してまで他人を助けようなんて思わないだろう。彼はきっと、依頼人が香澄だったとしても手を貸してくれる。千世に向けるようには笑いかけてくれないだろうけれど。

少し寂しく思い、けれど何故そんなふうに思ってしまったのかわからず、香澄は頭をふった。

久馬が香澄を見おろす。

「他に訊きたいことはあるか？」

「え？」

「うっかりおまえが引っかき回して、千世の幸せをぶち壊すことがあったら困る」

自分はよほど信用がないようだ。仕方がないとしても少し哀しかった。たしかにここで久馬が話してくれなければ、艶煙にしつこく訊ねていたかもしれないけれど。

「そんなことしないって言ってるじゃないですか」

久馬は黙って肩をすくめた。

彼は千世の幸せのために秘密を抱えている。それなのに、幸せに暮らしていると伝えてくるのだろう千世の手紙を見て、苦しんでいる。

それは何故なのか。

「……千世さんのことが、好きだったんですか？」

「妹としてな。それ以上でも以下でもない」

彼の言葉が本当ならば、自分以外の男と幸せになった彼女の話が彼を苦しめているのではない。久馬はそんな狭量な男ではないとも思う。

それならば彼が苦しんでいるのは、秘密を抱えているという事実自体だろうか。千世の母や兄は、心ない噂から久馬を守ろうとしてくれたのだという。それなのに久馬は彼らを騙し続けているのだ。千世が幸せになればなるほど、久馬はその事実を彼らに伝えたいと思い、けれど千世との約束で打ち明けることができない。

「千世さんのこと、ご家族に伝えてはいけないんですか？　もう七年も前のことなのでしょう？　今更連れ戻して、他の誰かと結婚しろなんて話にはさすがにならないんじゃないですか？　久馬さんは千世さんのために嘘をついたんですし、怒られたりしないですよ」

「そうだろうな。もう誰も俺を責めたりはしないだろう。だが、千世が望んでいないんだ。あいつがそうしたいと言うまでは、俺は秘密を抱えるつもりだ」

香澄は顔色のさえない久馬を見あげる。

「千世さんはご家族に会いたくないのでしょうか？」

「近況は訊ねてくるから、気にはしているんだろうが。叔母も近頃はひどく気弱になっていると聞く。叔父はもう亡くなって、真実を話すことをためらう理由はないとも思う。それでも千世の心はまだ定まっていないんだろう」

彼はしばし遠くを見つめた後、目を伏せて笑った。そうやって無理矢理笑って、彼は秘密を抱え続けるつもりなのだろうか。

久馬と別れて家に帰ってからも、香澄はずっと彼と千世のことに思いを馳《は》せていた。久馬を苦しめている秘密は、彼が叔母や従兄弟、それから母親に話してしまえばそれで秘密ではなくなる。近所の目を考えれば、千世が家族と東京で会うことはできないかもしれないが、人目を避ければ再会することも叶うだろう。

それでも彼は千世が望まないからと口を閉ざしている。気弱になっているという叔母が生きているうちに、娘に会わせてやりたいと思っているようなのに。

千世は何故、母や兄に真実を伝えることを拒むのだろう。結婚に反対していたのは、すでに亡くなったという父親だけのはずだ。

香澄はふいに、勝之進の言葉を思いだした。

――千世は神隠しに遭ってよかったのだ。

――久馬には本当に申し訳ないことをしてしまった。

あれは、どういう意味だったのか。

妹が神隠しに遭ってよかった。

久馬には申し訳ない。

勝之進も千世が好いた男との結婚を父に反対されていたのを知っていたから？　だから、いっそ神隠しに遭ってよかったと言うのか？　それもおかしな話だ。父親が流した噂話のせいで久馬に迷惑がかかったことを、申し訳ないと思っているのか？　それもなくはないだろうが、それだけなのだろうか。

勝之進に訊きたいことがたくさんある。そんなことをすべきではないと思うが、そうしなければ久馬の胸の鬱《ふさ》ぎを取り除くことはできないだろう。

どうすれば勝之進と話ができるか、香澄は頭を働かせる。住所はわからない。艶煙ならば知っていそうだが、彼に訊くのはよしたほうがいいだろう。きっとすぐに久馬に知られてしまう。では職場はどうだろうか。交番所に行けば会うことはできるはずだ。けれど勝之進に迷惑をかけてしまうかもしれない。

そんなことを考えていた香澄の耳に、玄関の戸が開く音が届いた。出迎えに行けば、父が帰宅したところだった。背はあまり高くないが、しっかりとした体軀に洋装がよく似合っている。

「おかえりなさいませ、お父様」

挨拶をして、父から帽子と上着を受け取り、香澄は着替えを手伝うために彼の後に続いた。

「どうしたんだ？」

先を進む父に突然問いかけられ、香澄は驚いて応じる。

「何がですか？」

「元気がないようだ」

少し顔を合わせただけで心配されてしまうとは思わなかった。久馬の影響で、香澄自身も少々参っているようだ。

香澄はそんなことはないと否定しようとして、やめた。胸にわだかまっているものは、口にだしてしまったほうが気が楽になるものだ。

「……職場の、お世話になっている方の元気がないのが心配なんです」

父の部屋に入って、彼が部屋着である着物に着替えるのに手を貸しながら香澄は話した。

「それでおまえも元気がないのか」

父は朝から晩まで内務省で働いている。きっと疲れているのに、彼の心を煩わせたくはない。やはり、たいしたことではないのだと言って話を終わらせようとしたのだが、唐突に思い浮かんだ妙案に、香澄は父に呼びかけていた。

「あの……お父様！」

呼びかけてから、自分が無茶な頼みをしようとしていることに気づいたが、手遅れだ。眼差しで先をうながす彼に、勢いのそげた声で問いかける。

「巡査の、松野勝之進様のお宅を調べていただくことはできませんか？」

警察は内務省の管轄だ。父ならば巡査である彼の住所を調べることができるのではないだろうかと思ったのだ。

父はじっと香澄の顔を見つめ、それから口を開いた。

「理由を訊かせてもらおうか」

普段はやさしい眼差しが、今は少し冷たく見える。きっと常識はずれな頼みをしたせいだろう。どんなふうに理由を伝えようか逡巡《しゅんじゅん》し、香澄は我ながら弱々しく感じる声で答えた。

「……その同僚の方の悩みの種について、多分、松野様がご存知だろうから、です」

「話を聞きに行く、ということか」

「はい。――無理ですか？」

無理な頼みならば、これ以上わがままを言うつもりはなかった。

香澄の問いかけに答えることなく、父は帯を締めるとその場に座った。そして香澄にも座るように、向かいをとんとんと叩く。

香澄が膝をそろえて座ると、彼は思いがけないことを問いかけてきた。

「その同僚とは、内藤君のことかい？」

「え？　あ――はい」

こくりとうなずいたものの、何故父が久馬の姓を知っているのだろうかと不思議に思う。彼らが顔を合わせたのは、一月前、岩井村へ行くことになった香澄が内務省に訪ねていったときだけだったはずだ。二人はそのときに言葉を交わしていたが、自己紹介のようなものはしていなかったと記憶している。

「どうして？」

「彼はね、おまえが新聞社で働きたいと言いだすより前に、私を訪ねてきたんだよ」

香澄は驚きに声をもらすこともできなかった。

「おまえが人を騙すようなことに荷担しようとしているが、自分にはどうにも止められそうにないと話してくれた。それを悪行だとは思っていないが、若い娘が関わっていいようなことをしているわけでないことは自覚しているとも、正直に告白してくれたよ。とにかく、『娘さんに関わらせたくないならば、止めて欲しい』と言いにきたんだ。彼はいい青年だよ」

久馬と一緒に内務省に父を訪ねたとき、彼はただ「新聞社の仕事で」と説明をしただけだったが、まるで二人がかねてからの知り合いのようだと感じたのを思いだした。思えば初対面で名を名乗り合わぬのもおかしなことだった。その後、父に許可を得て久馬と共に艶煙の元を訪ねたときもそうだ。艶煙がもの言いたげな眼差しを久馬に向けたのは、久馬が根回しをしていたことに気づいたからだろう。

父が放任主義だったわけではなかったのだ。

何も気づいていなかったのは自分だけだったのだと知り、恥ずかしくなる。久馬を見返したいなんて偉そうなことを言って、結局は彼に守られていた。生意気な、きっと気に入らないだろう香澄の身を案じることができるほど、彼は気がきく大人の男なのだ。

うつむいた香澄に父は話し続ける。

「そしてもしおまえが手伝うことになっても、けっして危険な目には遭わせないことを約束してくれた。だからおまえが新聞社で働きたいと嘘をついたときも、彼を信じて許したんだ」

香澄が父に日陽新聞社で働きたいと言ったとき、彼が何も訊かずに許してくれたのは、すべて久馬のおかげだったのだ。

非力だ。艶煙が言うように若い娘にしかできないことだってある、実際役に立てると思っていたが、もしかしたらそんなものはひどい思いあがりだったのかもしれない。

「おまえがしようとしていることは、彼が望んでいることなのか？」

「――いいえ。私の勝手です」

「おまえが満足するだけで、彼を傷つけることになるかもしれない」

そう。これもきっと思いあがりだ。久馬を救えるかもしれないなんて、そんなことできるとも限らない。彼が懸命に抱えてきた大切なものを引っかき回して、すべて台無しにしてしまうのかもしれない。

でも……。

「でも、久馬さんが苦しんでいるのを、見ていたくないんです」

香澄は膝の上で重ねた両手を握った。

久馬がこれまで耐えてきて、これからも耐えていこうとしているものを、香澄が勝手に苦痛に思っているだけだ。

それでも。

「久馬さんは、これまでいろんな人を助けてきました。だから久馬さんが助けられてもいいと思うんです。私が、久馬さんを助けたいんです」

彼がこれまで救ってきた人のように、彼が救われたっていいはずなのだ。

「久馬さんはいつも意地悪で、嫌味なことしか言わないし、本当にいやな人です。でも悪い人じゃなくて、お金をもらうわけじゃないのに誰かのために時間をかけて人を騙すんですよ。それを悪ぶって言ったりしますけど、結局のところただのやさしい人で、それなのに自分のことは上手く騙すことのできない不器用な人で……。だから、だから私がよけいなお節介をしないといけないんです……！」

彼はいつも人を騙す側にいた。けれどたまには騙される側に回っても罰は当たらないだろう。

勝之進に話を聞いて、それから艶煙に相談する。何か久馬の気持ちを楽にできる方法を、艶煙なら一緒に考えてくれるに違いない。依頼だと言えば、彼は断らないような気がした。

以前は香澄が久馬に騙された。今度は香澄が久馬を騙すのだ。そして彼の気持ちを楽にしてあげたい。

たとえそれが自分の身勝手な思いだとしても。

「よし」

唐突に深くうなずいた父を香澄は見あげた。

「松野勝之進だったな？　調べてこよう」

頼みを引き受けてくれた父をぽかんと見つめていると、彼はいつもの穏やかでやさしい笑みを浮かべていた。

「おまえがまた嘘をついて誤魔化すようだったら止《と》めようと思っていたが、本音のようだからな。それに私は彼のことを気に入っている。片棒を担がせてもらおうじゃないか」

これまではただ彼らについてまわり、手伝いをできればいいと漠然と考えていた。

それは久馬を見返すためであり、彼に認められるためであり、困っている誰かの笑顔を見るためだった。

けれど今回は違う。初めて思ったのだ。

誰かを——久馬を救いたい。私が救いたい、と。

「だが、私が調べたことは、内密に頼むぞ」

「はい」

少しばかり茶目っ気をだして笑った父に、香澄も笑みを返してうなずいた。


三日後。香澄は松野家にいた。久馬の様子は相変わらずで、一日も早く訪ねたいとは思っていたのだが、勝之進の非番が今日だったのだから仕方がない。さすが仕事のできる父は、勝之進の休日まで調べてくれていた。

「ごめんください。松野勝之進様はご在宅でしょうか？」

呼びかけに応じて玄関口へ現れたのは、痩せ気味の老女だった。六十代くらいだろうか。もしかしたら勝之進の祖母なのかもしれない。

彼女はひどく疲れたような表情をしていたが、香澄を見たその顔が見る間に明るくなる。

「千世っ！」

そう呼ばれて香澄は驚いた。

「帰ってきたのね、千世！　ごめんなさい。本当にごめんなさい……」

足袋《たび》のまま土間へおり、膝をついて脚にすがりつく老女に、香澄はうろたえる。

「奥様？　どうされたのですか？」

「お義母様！」

老女にそう呼びかけながら奥から出てきたのは、香澄よりも少し年上と思われる女性だった。そして彼女に続いて勝之進も慌てた様子でやってくる。

「母上！」

香澄の脚にすがる老女は、勝之進の祖母かと見間違うほどに老《ふ》け込んでしまっているが、彼の母だったのだ。つまり千世の母でもある。彼女は香澄を消えた娘と勘違いしているようだ。

「母上、こちらはお客人ですよ。ほら、困っておられるではないですか」

「でも……」

「千世が生きていれば、もう二十を超えていますよ。こちらのお嬢さんはまだお若いでしょう？」

勝之進は穏やかに母をなだめ、柔らかくその手を握って香澄から離す。そして妻の手に母を託した。

「さあ、お義母様。あちらでお話をしましょう」

二人ともあまり驚いていないようなので、こんなことはきっとよくあることなのだろう。そしてこれが、久馬が秘密を抱え続けることにより起こっている現実なのだ。

嫁に手を引かれて廊下を去っていく女性を見送り、香澄は勝之進へ頭をさげた。

「突然の訪問をお許しください」

「ああ、きみか」

「あの……」

香澄がどう話を切りだせばいいのか迷っていると、勝之進は弱ったように髪を掻き混ぜた。

「すまなかった。母のことなら心配いらないよ。若い娘さんを見るとときどき、ね。どうしようもなく千世が恋しくなるようなんだ」

一瞬だけ哀しげに目を伏せた勝之進に、香澄は奥の座敷へ案内された。勝之進の向かいに腰をおろした香澄の耳に、どこかから女性のすすり泣きと、それをなだめる声が届いた。

「母は千世が生きていて、帰ってくると信じたいのだろう。けれどもう疲れてしまっているんだよ。まだ五十前だというのに、とてもそうは見えないだろう？」

失礼とは思いつつ、香澄はうなずいた。

「千世には生きていて欲しいと思っている。けれど信じて待つのも辛いものだ。だからそろそろ千世の葬儀をあげて、気持ちに区切りをつけようと、その相談を久馬にしようとしていたんだが……」

勝之進はそう言って、思いだしたかのように香澄を見た。

「それで今日は、どうしたんだ？」

「その……、久馬さんのことです」

問われた香澄はさっそく話を切りだした。

「先日から、ふさぎ込んだままなんです」

「ああ……」

何か納得したように声をもらした彼は、腕を組んで目を閉じる。

「久馬さんがふさぎ込んでいるのは、千世さんに関わることなのではないかと思うんです。千世さんが神隠しに遭ったこと以外に、そのとき何かあったのでしょうか？」

「きみは、どうしてそんなことを知りたいんだ？」

性急にすぎただろうか。勝之進に不審がられて話を聞きだせなかったら、せっかくの父の協力も無駄になってしまうと、慌てて謝罪する。

「あ、その、千世さんのご家族に直接訊くなんて、失礼ですよね。すみません」

「それは気にしなくていい。この間も言ったと思うが、私にとっては千世のことはもう、昔の話だから。そうじゃなくて、きみが千世のことを知りたい理由だよ」

「それは……」

香澄はどうやって説明すれば勝之進が話をしてくれるだろうかとしばし考え、父が望んだのと同じように、素直に話したほうがいいだろうと判断する。

「久馬さんが苦しんでいるのが……、心配なんです。久馬さんには以前、友人の危機を救ってもらったことがあります。だから久馬さんが苦しんでいるなら、何か手助けしたいと思っているんです」

そこまで言って、香澄は自分に自信がなくなってうつむいた。

「……私が勝手にしていることなんですけど」

他人が口をだすなと言われれば引き下がるしかない。そのときは諦めて艶煙を頼ろう。彼にも大人しくしているように言われたら、そのときはまた考えるしかない。

しばし黙考していた勝之進が、組んでいた腕を解く。

「千世の神隠しのときの話、どれくらい知っているんだ?」

問いかけられて顔をあげれば、彼は迷いのない眼差しで香澄を見ている。

香澄の気持ちを理解してくれたようだった。それとも彼もまた、久馬が苦しんでいるならば助けたいと思ってくれたのだろうか。

香澄は久馬から聞いた話の中から、勝之進に知らされていない事実を省いて伝える。

「千世さんが久馬さんとの結婚がいやで、どこかへ消えたのじゃないかって噂がたったことは、聞きました」

「それだけ？」

さらに訊ねられ、香澄は久馬の話を思い返す。そこには、勝之進には言いにくい噂話も含まれていた。

「……千世さんのお父様が、千世さんを吉原に売ろうとしていたって噂もあったとか」

「そうか」

勝之進は溜息交じりにうなずいて続ける。

「これは、当家の恥なんだ。誰だって、身内の恥は隠したいものだろう？」

娘を売ることも、そう噂されるほどに生活が困窮していたことも、武家としては恥だっただろう。けれど実際には職にありつけず妻や娘を売らざるを得なかった武士は多かったとも聞いている。武士は誇りや名誉を重んじるものだ。ただの噂であったのならば胸を張っていればよいと、簡単に言えることではない。

勝之進は眉間に深い皺を寄せ、苦しげな表情を浮かべた。

「これはいつか話さなければならない、けれどどうしても話せない——いや、話したくないことなんだ。だが……」

彼は言葉を切り、迷いをふりきるように硬く目をつむる。

「——だがこれは、他人にだからこそ話せることなのかもしれないな」

勝之進のつぶやきに、香澄は彼を見つめた。痛みに耐えるように顔をしかめていた彼が、引き結んでいた唇にわずかな曲線を描く。

「久馬が苦しんでいるならば、やはり本当のことを話すべきなんだろう。当事者ではないきみになら、私たちの間にある苦悩を解決できるかもしれない」

何かを諦めたような笑みを浮かべた彼は、

「千世は父から逃げたのではなく、私たち家族から逃げたのかもしれない」

と、そう語り始めた。


翌日、昼の休憩時間に日陽新聞社のサロンへ下りた香澄は、一人で煙管をくゆらせている艶煙の姿を見つけて歩み寄った。

「艶煙さん」

ぷかりと煙を吐いた艶煙がふり返る。

「どうしましたか、そんな深刻そうな顔をして」

「相談が……いえ」

香澄は言いかけた言葉を変える。

「依頼が、あるんです」

思い切って依頼があると言えば、艶煙はいつもの緩んだ笑みを消してうなずいた。

長椅子から立ちあがると、外へ続く出入口を手のひらで示す。

「お聞きしましょう」

彼に誘われて、香澄はビルを出た。

真夏の昼間の太陽の光は、日傘をさしていても刺すように強い。艶煙に連れていかれたのはいつもの蕎麦屋だった。昼時なので人は多かったが、席は空いていた。それぞれ蕎麦を注文してから、艶煙が香澄に問いかける。

「それで、どういった依頼ですか？」

「千世さんの話は久馬さんと松野様から聞きました」

ひょいと艶煙は眉をあげる。

「ほう。松野勝之進様とお会いになったと」

「はい。新聞社を訪ねてこられた後、お家《うち》へうかがいました」

「よく家がわかりましたね。ああ……松野様は警視庁の巡査でしたか」

どうやら香澄が父に頼んで調べてもらったことを察したようだ。あえて確認しなかったのは、香澄が父の名誉のために話さないことに気づいているからか。

「まったく、期待以上に働いてくれるお嬢さんだ」

少々あきれたように笑った艶煙に、香澄は軽く身を乗りだして訊ねる。

「最近の久馬さんの様子、艶煙さんも気づいているでしょう?」

「まぁ、いつも、千世さんから手紙がくると、あんな感じですよ。しばらくすれば落ち着きます」

「でも、いつまでもこのままでいいんですか?」

艶煙は答えることなく、無言で湯飲みを傾けた。

彼が久馬のことをどう思っているのかはよくわからない。知り合いというには近く、友人というには遠い。《裏稼業》の仲間というのが正しいのだろうが、その間になにがしかの情があるのかどうか、香澄には判断できなかった。

それでも七年前、黙って耐えていた久馬を助けたのは艶煙だという。彼に頼まれたわけでもないのに厄介な噂を消したのだ。今の久馬の状態をまったく気にしていないことはないだろう。

「久馬さんは、千世さんが望む間は秘密を抱え続けるって言っていました。でもそれって、いつまでなんですか？」

「さて。千世さんに訊かなければわからないことですが、あたしが思うに、このままでは関係者が全員亡くなるまで、でしょうかねぇ」

艶煙は茶をもう一口飲むと、煙草盆に手を伸ばした。煙管に煙草をつめて火をつける彼を見ながら、香澄はさらに問いかける。

「そしたら、……久馬さんは死ぬまで秘密を抱えるんですか？」

「そうなりますね」

うなずいた艶煙は、一服してからあらためて口を開く。

「あたしたちは、秘密をたくさん抱えていますよ。あなたが知っているだけでも、《件》という偽物の妖怪のことに、《姿を変える掛け軸の娘》の嘘、《歩く死体》の嘘だって、真実は胸の内に仕舞っています。あたしも久馬さんもあなたも、そして関わった誰もが、秘密を抱えているのです」

「でも千世さんのことで久馬さんがついた嘘は違います。その秘密を抱えることで、久馬さんは苦しんでる」

これまで彼らがついてきた嘘には、秘密を抱えて苦しむ誰かはいなかった。《件》

のときに香澄は久馬を責めたが、「桜野に訊けばいい」と一言言えば済む話だった。だから彼は鼻で笑って香澄を追い返した。《掛け軸》は、夫や主人を懲らしめるための嘘だった。本当に相手が懲りたならば、本当のことを話してもかまわないだろうし、懲りなければそのままにしておいてもかまわなかろう。《歩く死体》のときは、元々は小夜の演じた嘘を塗り替えただけだ。

そして何よりも、関わった人々は他人だった。

だから、ただ黙っているだけでよかった。黙っていることが、依頼人のためになるのだから。

けれど千世のことはどうだ。久馬が嘘をつき続けることで、千世は幸せに暮らしている。だが彼女の家族は何も知らず、娘や妹が生きているのか死んでいるのかさえわからないままだ。彼女の母は心を病んでさえいる。彼女の話が出るたびに、久馬は罪悪感を覚えているだろう。

事実を伝えれば、彼らは再会できる。幸せな家族に戻ることさえできるかもしれない。それなのに千世はそれを望まない。だから言わない。

彼女が何故それを望まないのかわからないままに、久馬はどちらを選ぶこともできないでいる。千世に理由を訊ねないのは、彼女を傷つけまいとする彼のやさしさだ。

「千世さんは幸せに暮らしているそうです。お子さんも二人いるのだとか。でも久馬さんはそれを千世さんのお母様やお兄様に伝えることができないんですよ」

「それで、あなたの依頼は？」

「秘密から解放してあげてください」

艶煙に問われた香澄は彼に頭をさげて依頼した。

「久馬さんには迷惑な話かもしれませんよ？」

「久馬さんを、とは言っていません」

艶煙は細く煙を吐き、灰吹きに灰を落とす。

「おやおや、意地悪なことを言うようになりましたね。久馬さんに似てきたのではないですか」

愉快そうにくすくす笑う彼に、香澄はちょっとだけ唇をとがらせた。彼らに付き合っていれば、それも仕方がないことではないか。けれどそう言われることが嫌でないのが不思議だった。

香澄は気を取り直して話を進める。

「久馬さんが秘密を話すかどうかは、久馬さんに決めてもらいます」

「では誰の話をしているんですか？」

彼の疑問に、香澄は辛い想いを打ち明けてくれた人の顔を思い浮かべる。

「秘密を抱えて苦しんでいるのは、久馬さんだけではないんです」


それから半月。七月の夜はまだまだ蒸し暑くすごしにくいが、今日は夕立《ゆうだち》があったせいか気持ちのよい風が吹いている。

香澄は瓦斯灯にぼんやりと照らされた歩道を久馬とともに歩いていた。

「突然百物語《ひゃくものがたり》に参加したいだなんて、どういう風の吹き回しだ？」

「いいじゃないですか。夏なんですから」

百物語に参加したいから一緒に来て欲しいと彼を誘ったのは、三日前のことだ。初めはいやそうな顔をした久馬だったが、どうしてもと頼み込めば、父親に許可をもらえば一緒に行ってもいいと言ってくれた。

艶煙は、久馬は女性にやさしいと言っていた。それも間違いではないのだろうが、彼は多分、香澄くらいの年齢の少女に弱いのだ。おそらく、千世のことを思いださせるのだろう。

「俺は夏が嫌いだ」

その本当の理由は千世を消した季節だからかもしれないが、香澄はわざとおどけてみせる。

「暑いですもんね。実は冬も嫌いでしょう？」

「「寒いから」」

二人の声が重なった。

まったく、久馬のだらしなさには困ったものだ。

風を送り込むように襟元を緩めながら、久馬が口を開く。

「何故夏に怪談か知ってるか？」

「怖いからでしょう？」

「怖いとぞっとして、鳥肌がたつだろう？　そうすると人の肌は冷たくなって、暑い芝居小屋でもひんやり寒く感じるからだ。夏になると暑さでどうしても芝居見物の客は減ってしまう。そこで怪談芝居を掛けてみると、これが涼しくなるような気がするといって、これまで夏は暑いからと芝居を敬遠していた客たちが、行列を作るようになった。それで芝居小屋は夏には怪談を掛けるのが定番になったわけだ」

なるほど。幽霊が出そうだと怖く思うと、なんだか背筋が寒くなったりする。夏に怪談というのはちゃんとした理由があるのだ。

「ふぅん。でも、それがどうかしたんですか？」

「今夜はそんなに暑くないと言いたいんだ」

たしかに今夜は気持ちよい風が吹き、何もわざわざ怪談話で怖い思いをしてまで涼を求める必要はない。

「暑くなくても夏です。夏といえば怪談です」

むぅと頬を膨らませれば、久馬はあきれたように溜息をついた。

「まったく。許可はもらってきたんだろうな？」

「もちろんです。久馬さんと行くならいいって。私の父はたいへんとっても寛容な方ですから」

「俺は心配になるよ」

「父のことですか？」

「悪い奴に騙されないように気をつけるんだな」

「大丈夫です。父はちゃんと人を見てますからね」

久馬は軽く眉をあげた。彼のことを香澄も信頼していると受け取れる言葉に驚いたようだ。

「百物語ということは、おまえも何か話すのか？」

「え？　何もないから久馬さんを誘ったんですよ？」

「俺が話すのか……」

「はい」

聞いてないぞと言わんばかりの憎々しげなつぶやきに、香澄は悪びれずにうなずいた。

百物語というのは、新月の夜に何人かが集まり、それぞれが持ち寄った怪談話をしては、青い紙を貼った行灯《あんどん》に備えられた百本の灯心《とうしん》を一本ずつ抜いていくというものだ。百話を語り終えて最後の灯心を抜き、部屋が暗闇に閉ざされたとき怪異が起こるとも言われているが、普通は九十九話までしか語られないらしい。怪異を呼ぶのが目的ではなく、怖さを楽しむ遊びだからだ。服装や環境にも細かい決まりはあるが、今夜はそこまで徹底はしない。怖さを楽しむのが目的ではないからだ。

香澄は行く手に明かりが灯る料亭を指さした。

「あのお店です」

広い店ではない。今夜は貸し切りなのか、客の気配はなかった。

暖簾をくぐると、年増の女将が出迎えてくれる。

「百物語のお座敷はどちらですか？」

香澄が訊ねると、彼女は白く美しい手で二階へ続く階段を示した。

「お二階でございます。こちらへどうぞ」

二階の座敷の襖を開けると、まず目に入ったのは妖怪画の描かれた衝立だった。上《かみ》座《ざ》には艶煙が座っているが、衝立に仕切られたその向こうに誰がいるのかはわからない。明かりは心細く揺れる蠟燭が、それぞれの前におそらく一本ずつだけ。

久馬が眉を寄せて、用意されていた座布団に腰をおろした。

「これはどういう趣向だ？　艶煙、おまえの趣味か？」

「ご名答」

蠟燭の火にぼんやりと照らされ、いつものように目を細めて笑った艶煙が、煙草盆を引き寄せて煙管の灰を吹いた。

香澄が久馬の隣の座布団に座ると、あらためて艶煙が話し始める。

「いらっしゃいませ、久馬さん、香澄さん。では、全員そろいましたので、始めましょうか」

まるでこれから宴会でも始めそうなほど、彼の声は明るくのんびりしていた。対して香澄は膝の上で重ねた手にじわりと汗をかいている。

今夜ここで秘密を暴露する。それによってすべてが上手くいくとは限らない。失敗すれば久馬に恨まれることもありうる。

　緊張しないはずがなかった。

「さて、百物語はみなさんご存知のように、百の怪談を順に語り、一人語るごとに行灯の灯心を引き抜いたり蠟燭を消していくものですが、本日は人数も少なく若い娘さんのご参加もありますから、明け方まで語り続けるのはなしにいたしましょう。一人一話だけ。ほんの半時《はんとき》ほどのお遊びです。その代わり、お題を決めさせていただきます。今夜のお題は『神隠し』です」

　くっと久馬が息を詰めたのがわかった。香澄が恐る恐る横目でうかがうと、彼はじっと蠟燭を見つめていた。

「座長のあたしから話し始めて、右回りに話していただきます。よろしゅうございますか？」

　誰も声を発しない。

「では、あたしから」

　一拍おいてから、艶煙は語り始めた。

「これはあたしの友人……、いえ、腐れ縁の知り合いの、身内のお嬢さんのお話です。お嬢さん――そうですね、便宜上『千』さんといたしましょう――そのお千さんが神隠しに遭ったお話です」

蠟燭の明かりに照らされる久馬の横顔は、なんの感情も浮かべてはいない。艶煙が語り始めたのが、久馬と千世の話であることに気づいていないはずはないが、彼はほんのわずかに頰を強ばらせただけだった。

この百物語の会が仕組まれたものであることを、彼はもう気づいているはずだ。それでも彼が香澄に非難の目を向けることはなかった。香澄と艶煙の思惑《おもわく》を計りかね、様子を見ようとしているのかもしれない。

「彼女の家は、御一新前は代々与力のお役目をいただいておりましたが、彼女の父はそのお役目をよくは思っておりませんでした。何故かといえば彼はとある旗本の三男坊。どのような縁があったのか、その家には養子として入ったからでございます。与力や同心は皆様ご存知のとおり、罪人と関わる不浄の役人といわれておりましたからね。彼には冷や飯食いになるよりも、屈辱的なことだったのかもしれません」

冷や飯食いとはつまり居候《いそうろう》のことだ。家督を継ぐのは長男で、次男以下はよほど本人に何らかの才能がない限り、長男の世話になるか他家に養子に行くのはよくあることだった。

「彼は非常に気位が高く、見栄っ張りでした。それでも貧乏旗本に比べれば裕福な暮らしのできる与力のお役目を務めているうちはようございました。しかし御一新後、役職を失ってもなお、彼の気質は変わりませんでした」

　久馬の頬がわずかにふるえたように見えた。彼が席を立とうとしたり、話を邪魔しようとしない限りは、彼の隣に座っているのが今夜の香澄の役目だ。

　香澄は黙って彼を見守る。

「彼には息子と娘が一人ずつおりました。当時一六だった娘。それがお千さんです。彼女には好いた男がおりまして、彼は飾り職人でした。徳川の時代が終わりを告げ、武士や職人という過去の地位など些末《さまつ》なことではありましたが、お千さんの父上にはそうではなかった。彼は二人の仲を認めず、別れさせようとしました。そのため、二人は駆け落ちしようと約束をしたのです。しかしその直後、彼女は近くの夏祭りに出かけて姿を消してしまいました。駆け落ちしたのではありません。姿を消したのは彼女だけ。相手の飾り職人はひどく嘆き悲しみ、彼女の家族と共に近辺を探し回りましたが、結局お千さんが見つかることはありませんでした。夏祭りのあった神社では過去にも神隠しがあり、彼女もまた同じように神隠しに遭ったのだろうと言われています。彼女の行方は未だ知れませんが、神隠しであれば、いつか戻ってくることもあるはずだと、家族は今も待っているそうです」

艶煙が蠟燭の火を消し、上座が暗くなった。暗さの増した部屋で、久馬は唇を引き結んでいる。あぐらをかいた膝に置かれた手が、ズボンの布をつかんでいた。

「お次の方、どうぞ」

艶煙が呼びかけると、香澄たちの向かい――衝立の向こうにいる男が軽く咳払いをした。短い逡巡の後、話し始める。

「……この話は、俺の妹の話だ。便宜上、俺も妹を『千』と呼ぶことにする」

久馬が息を呑んだ。声の主に彼はすぐ思い至ったのだろう。

腰をあげそうになった彼の膝に香澄は慌てて手をかける。見おろす久馬の眼差しには、彼らしくない焦燥が浮かんでいたが、香澄はきっぱりと左右に首をふった。言葉にはしなかったが、何かを察した久馬は黙って座り直す。

「千が消えたのは、七年前の夏。近所の神社であった夏祭りの夜のことだった。あいつはその数日前の晩、父と口論をしていた。俺はそのとき、また千が自分の好いた男と祝言《しゅうげん》を挙げることに許しを得ようとして口論になったのだろうと思っていた。父はどうしても千の好いた男が職人であることが許せなかったようで、これまでも何度も揉めていたんだ。これからの時代、武士の誇りなんぞよりも、手に職を持った職人を選んだほうが千も幸せになれるはずだと、母も俺も父を説得していたが駄目だった。

それで千は、それから数日後の晩、『祭りに行って気持ちを落ち着ける』と言って家を出ていった」

　顔をしかめた久馬は、唇を一文字に結んでいる。この先の話を聞きたくないのだと、その横顔からもわかった。香澄は彼の膝に手を置いたまま、男の——勝之進の話に耳を傾ける。

「だが千は翌朝になっても帰らなかった。あいつが添い遂げたいと言っていた男の元にもおらず、近所を探し回ったが見つからなかった。しかし……」

　勝之進はわずかに間を置き、覚悟を決めたように続ける。

「俺も母も、千が見つからなくて、正直ほっとしたんだ」

　久馬がぴくりとふるえた。目を見張り、声が聞こえてくる衝立の向こうを見透かそうとするかのように、まっすぐ顔を向ける。

「当時、我が家の家計は父の浪費のせいで火の車だった。俺も働いていたが、正直なところ、妹を嫁にだすこともままならないほどだった。働くこともしなかったくせに、父は過去の地位や生活を捨てられない男だったんだ。その上、父は、自らの娘を女郎屋《じょろうや》に売ろうとさえしていた！」

「それはただの……」

噂だろうと、久馬は言いたかったのかもしれない。しかし彼が声をあげかけたのを、香澄は彼の袖を引いて止めた。

「邪魔をしちゃいけません」

「だが」

二人が小声で言い争っている間にも、勝之進は話をやめなかった。

「千が消えた後、『父親に女郎屋へ売られるのを恐れて逃げだしたのだ』と噂が立ったのは必然だった。根も葉もないことではなかったのだから」

久馬の身体から力が抜ける。「そんなはず……」とつぶやく声が、香澄の耳をかすめた。

香澄は彼の手に、そっと手を重ねた。暑くはないが寒いわけでもない部屋で、彼の手はひんやりと冷たい。

「後になってからだが、父が認めた。千が消える数日前、父としていた口論は『借金のかたに千を女郎屋へ売る』と言ったからだったと。千は俺に何も相談してはくれなかったが、それも当然のことだろう。千はきっと、俺のようなふがいない兄になど頼ることもできなかったんだ。俺も母も父を止めることができなかった。千にとっては俺たちも、あいつを売ろうとした父と同じに見えていたのだろう。だが、千を責めることはできない。俺は、たとえ結果が同じだろうとも、父が娘を売ったと言われるよりも、いっそ赤の他人にさらわれて売られたと言われるほうがましだと思ったんだ。――家の名誉のために」

千世が母や兄に真実を告げることをためらっている理由は、それなのではないだろうか。勝之進が言うように、彼らを自分の味方に思えずに。

ふるえる声を絞りだした勝之進は、乱れた息を整えるように一拍おく。

「だが、父がそんな噂に耐えられるはずもなかった。彼は吹けば飛ぶような旗本の誇りを捨てられずにいる男だった」

彼の声と重なるように、女性のすすり泣きが聞こえてくる。勝之進の席には、彼の母が一緒に来ているはずだ。彼女もまた秘密を抱えていた一人だった。

あの日、ごめんなさいと香澄の膝にすがった彼女は、娘を守り切れなかったことをずっと悔いているのに違いない。娘に会って謝りたいと、思い続けてきたのではないだろうか。

「しかもあの男は、俺の従弟《いとこ》を噂に巻き込んだ。千が消えたのは『許婚である従兄との結婚がいやで、逃げだしたのだ』と、そんな噂を流したんだ」

久馬の強ばった手を香澄が握ると、痛いほどに強く握り返された。彼に今、すがれるものが自分の手しかないのであればと、香澄はもう一方の手のひらで彼の手を包み込む。

「その噂のせいで、従弟は許婚に逃げられた男と嗤われるようになった。許婚でさえなかったのにだ。だが、あいつはよく耐えてくれた。否定すれば、父の噂が戻ってくると思ったのかもしれない。俺たちはなんとか従弟を守ろうとしたが、父の噂こそ真実だとは言いだせなかった。どうしても身内の恥を口にすることができなかったんだ……！」

母の泣き声に誘われるように勝之進の声にも嗚咽が混じる。今にも号泣しそうだ。だがその直前でこらえているような固い声で彼は続ける。

「そんな折だったと思う。一枚の瓦版が売りだされた。辻売りから買ったそれに書かれていたのは、千の話だった。『夏祭りで消えた娘は神隠しだった』と。その神社では過去にも神隠しがあったらしい。それで千も神隠しに遭ったのだとそこには書いてあった。神隠しであれば、いつか戻ってくることもあるだろうと。その瓦版が売りだされた日を境に、従弟の噂も消えていった。むしろ許婚が神隠しに遭ったことに皆が同情するようになった」

声を詰まらせた彼が言葉を絞りだす。

「俺たち家族は……それに安心して、結局本当のことを従弟に話すことができなかった。千世が父から逃げたのだと。おまえは何も悪くはないのだと。恥を恐れて、言えなかったんだ！」

とうとう耐えられなくなったのか、勝之進は叫んだ。

「すまん、久馬！　おまえを苦しめているとわかっていて、俺はどうしても父の恥をおまえに伝えることができなかったんだ……っ!!」

高ぶる彼に呼応するように、女性が声をあげて泣きだした。泣き声の間に「ごめんなさい」と何度も繰り返している。

ふっと座敷がまた暗くなる。

ゆらりと揺れる蠟燭の火に照らされた久馬は、まるで人形のように動かない。

香澄は彼の手を強く握った。

「では、次のお話に移りましょう」

艶煙の声に、久馬の手がぴくりと反応した。

「久馬さん」

香澄がうながすと、久馬の唇が動く。

「俺の……」

かすれた声でつぶやいた彼は、唇を舐めて改めて口を開いた。

「俺の話は……、そう。やはり七年前の夏のことだ」

気持ちを静めるためか、ひとつ大きく息をつく。

「俺には、妹のように可愛がっていた従妹がいた。名を千世という。千世は俺に『駆け落ちをするつもりだが、うまくいくか不安だ』と相談してきた。よほど思い詰めてのことだったのだろう。俺は誰にも内緒で千世を助けることにして、知り合いの悪知恵が働く男に知恵を借りた」

くっと上座から喉を鳴らして笑う声が聞こえた。久馬はどうしても——こんなときでさえ、艶煙を友人とは呼ばないのだ。

彼が落ち着いてきたのを感じて、香澄は彼の手を握る力を抜く。その手にはぬくもりが戻り始めていた。

「俺は神社の祭りの日、悪知恵は働くがそれなりに信用しているその知り合いと一緒に、千世を京都へ旅立たせた。そしてその晩、千世が消えたと騒ぎになったところで、俺は何食わぬ顔で従妹を探す者たちの輪に加わった。当然千世は見つからず、気を落とす家族を慰めることさえした。その後、京の知り合いに千世を預けて戻った俺の知人は、千世が駆け落ちの約束をした飾り職人を訪ね、彼に長崎で新しい手法を学ばないかと持ちかけた。意気消沈していた職人にとっても渡りに船の申し出だったのだろう。彼はすぐに東海道《とうかいどう》を京へ向かった。むろんそうさせたのは、京都を経由させ、千世と合流させるためだった」

「それなら千世は！　あいつは元気なのか……!?」

勝之進の声が、待ち切れないように先をうながす。

「千世は男と再会し、そのまま長崎へ向かい、今も一緒に暮らしている。せんだって、二人目の子が産まれたらしい。上の娘は『はな』、弟は『勝信《かつのぶ》』だそうだ」

しばしの間を置いて、収まりつつあった女性の泣き声がふたたび聞こえ始めた。安堵と喜びのためだろう。

「千世を送りだした後、叔父が千世を吉原に売ろうとしていたという噂が広がった。いくらの叔父でも、生きるか死ぬかの状況ならばまだしも、己の見栄を張りたい生活のために娘を女郎にしようなどとは考えまい。それこそ士族の憐れな末路よと噂われかねない、そう思っていた。だから叔父が、千世は従兄との——俺との結婚を拒んで逃げたのだと、己の噂を俺にすり替えたときにも驚かなかった。元はといえば、俺が千世の駆け落ちに手を貸したからこそ立った噂だったのだし、それで叔父家族が噂われずにすむのであれば、俺一人が耐えればよいことだと思っていた」

久馬が唇を歪めた。それはまるで自分自身を嘲っているようで、香澄はもう一度久馬の手を握る。すると彼ははっとしたように香澄を見やり、気を抜けばすぐに自虐に陥ってしまう己の思考を払いのけるように軽く頭をふった。

「だが、さすがに母を巻き込んでしまったことは申し訳なかった。『息子が許婚に逃げられた』などと陰で嗤われ、それを俺が否定もせずのうのうとしていたことにずいぶん苦しんでいたようだった。そんなとき、腐れ縁の知り合いが嘘の瓦版をばらまいた。『夏祭りで消えた娘は神隠しだった』とな。俺は許婚に逃げられた男から許婚を神隠しでなくした男になり、千世の家族は娘を神隠しで失った家族になった。周囲は手のひらを返したように、俺たちの身の上に同情するようになり、噂はいつしか消えていった。だが……、俺には結局、本当のことは言えなかった。叔父を説得することを選んでいたら、こんな面倒なことにはならなかったのだと、自分の選択を後悔していた。千世から近況を報せる手紙が届くたびに、伝えなければならないと思いながら、そうすることで千世の幸せを壊してしまうことも怖かった」

正座に座り直した久馬が、香澄の手をぎゅっと握り、身を折った。衝立の向こうにいる勝之進と、その母に向かって頭をさげたのだ。

「千世の神隠しは……、あれは神隠しではなかった。言えないままに叔父上は亡くなってしまいました。叔母上が苦しんでいることも知りながら、伝えることができなかったのです。本当に申し訳ありませんでした」

「あの人は……」

　これまで泣き声しかだしていなかった女性が、か細い声で久馬に答えた。

「あの人は亡くなる前、己の考えが浅はかであったがために、千世は神に取りあげられてしまったのだと言うようになっていました。己は見栄や欲の妖怪に取り憑かれていたのだろうと。久馬さんは私たちの中で誰よりも千世のことを思ってくれていたのでしょう。謝らねばならないのは、私たちのほうです」

　疲れ切った、けれどやさしい声で女性が言ったのを勝之進が引き継ぐ。

「ありがとう。おまえがいなければ、千世はどうなっていたか――いや、千世だけではない。俺たち家族もバラバラになっていただろう」

　勝之進の感謝の言葉にも、久馬は頭をあげなかった。泣いているのかと思ったが、そうではなかった。

「叔父上が亡くなっても、千世は本当のことを話したくないと言っている。だから、千世の許しを得るまで話すつもりはなかったんだ。だが今夜は、俺も話さねば公平ではないと判断した」

「わかった。俺たちから千世を探すようなことはしない。千世は、あいつを守ってやれなかった俺たちをまだ許してくれてはいないんだろう。千世が許してくれるまで待つよ。おまえはあいつが信用できるたった一人の身内なんだ、あいつをこれからも見守ってやってくれ」

久馬は視線を畳に落としたままだ。香澄は、今夜は少し小さく見える彼の背中にそっと触れる。

「久馬さん。勝手なことをしてすみませんでした。でも、最後まで付き合ってください」

小声でささやくと、ゆるゆると彼は顔をあげた。同時に艶煙が口を開く。

「さて。全員が話し終えましたので、最後の蠟燭を消しましょう。香澄さん、明かりを消してくれますか？」

「はい」

香澄はそっと久馬の手を離し、燭台《しょくだい》に近づくと蠟燭の火を消した。だが、座敷が暗闇に包まれることはなかった。

もう一本、蠟燭がある。

隣の座敷の欄間《らんま》から、わずかな明かりがもれているのだ。

香澄は立ちあがり、久馬の前にある衝立を動かした。久馬と、そして勝之進とその母を仕切っていたものがなくなる。

ほんのかすかな明かりを頼りに彼らは顔を見合わせた。そしてその視線は自《おの》ずと残された明かりへ向けられる。

襖の閉ざされた、隣の間だ。

「百物語は百話語り終えると怪異が起こると申しますが、今宵《こよい》はいかがでしょうか……」

艶煙の声に合わせて、香澄はそっと襖を開けた。

息を呑む声が聞こえる。

そこには、淡い明かりに照らされた二十代前半の女性が座っていた。

どちらかと言えば可愛らしい印象の女性だ。背筋をぴんと伸ばし凛《りん》とした表情で座っている。だがその目が潤んでいるように見えるのは気のせいではないだろう。

『久馬が千世の秘密を抱えることに苦しんでいる。だから一度だけ東京へ出てきて話を聞いて欲しい』と彼女へ手紙をだしたのは香澄だった。その後、東京まできた彼女に事情を説明し、この場に同席してくれるよう頼んだけれど、久馬と勝之進の話を聞いて、この座敷に留まるか席を立って顔を見せずに九州へ帰るかは、彼女の自由に任せていた。

最後の怪異が起こるか起こらないか、それは香澄にも艶煙にもわからないことだったのだ。

しかし彼女は留まっている。それはつまり、久馬を秘密から解放することを選んでくれたということだ。

目を見張った久馬の唇が、かすかに動く。

「…………」

彼女の名を呼んだのかもしれないが、それが音になることはなかった。

「……千世！」

彼女の母が、這うようにして千世に近づく。勝之進がよろめきながら立ちあがり、妹へ駆け寄った。

香澄は久馬の隣へ戻り、彼に手を伸ばす。

「千世さんにお会いになるの、七年ぶりなのでしょう？」

「もう、会うことはないと思っていた」

「じゃあ、よかったですね」

香澄が言うと彼は目をまたたかせ、——ほほえんだ。そして香澄の手を取って立ちあがる。

「おまえのおかげだよ。勝手なことをしやがってと言いたいところだが、今回だけは礼を言う」

「もっと感謝してくれてもいいんですよ？」

「調子に乗るな」

久馬はぽんと香澄の頭に手を置いた。今回の仕掛けを労《ねぎら》ってくれたのだろうか。

香澄は久馬に撫でられた髪に触れて、彼に問いかける。

「久馬さん」

「うん？」

「少しは私を仲間にしておいてよかったなって思います？」

「――少し、な」

彼はそう言って煙草の火をつけ、その燐寸で蠟燭に火をつけて回った。片膝を立てて座った艶煙が、煙管をくゆらせながらにやにやと笑っている。

「俺を騙しやがって」

「仕方がないでしょう？　これは依頼だったんですから」

「依頼？」

「香澄さんからの、ね」

久馬に目を向けられて、香澄は慌てて顔を背ける。

「こ、これはですね……」

「久馬さんのことが心配だったんですよね？」

「へえ？」

もの言いたげに久馬が眉をあげる。

「そ、それは……！」

「久馬」

香澄が艶煙の言葉を否定しようとしたとき、幸いにも勝之進が久馬に呼びかけた。

千世と、彼女の肩を抱く母、二人を守るように彼女たちに腕を回した勝之進が、久馬に深く頭をさげる。

「本当にすまなかった。ありがとう」

「お互い様だ。謝るなよ」

「だが……」

「それよりも、これからのことを考えようぜ」

久馬は勝之進に歩み寄ると、彼の肩を軽く叩く。そして千世の前にしゃがみ込み、やさしく笑った。

「元気そうでよかった」

ぽろぽろと千世の目から大粒の涙がこぼれる。

「久馬様を苦しめてしまったこと、香澄さんのお手紙で知りました。私は兄たちの気持ちを考えようとせず、そのうえ久馬様まで……」

「いいんだよ。おまえだって苦しんでいたんだろう？　だからもう、気にするんじゃない。おまえが考えるのは、これからのことだけでいいんだ」

見つめ合う二人と、それを見守る人たちを見て、香澄はほっとした。久馬は憑き物が落ちたようなすっきりとした顔をしている。

久馬の心を救えてよかった。彼がろくにお金にもならない《裏稼業》を続けている理由も少し理解できた気がする。彼はきっと、いつもこんな、穏やかな気持ちを感じているのだろう。許されるのならばこの先も、久馬たちがどんなことをするのか見ていたい。

――そう思った。

最後に、少しでも彼らの役に立てただろうか。

「これまでお世話をおかけしました。ありがとうございました、久馬様」

「もういいんだ。おまえが幸せなら、俺はそれでよかったんだから」

可憐な声で礼を口にした彼女の頭を撫でて、久馬はほほえんでうなずいた。


千世は二日の間家族とすごし、長崎へ帰っていった。神隠しに遭って帰ってきたとはいえ、勝之進たちが居を移していたこともあり、騒ぎにはならなかったそうだ。今度は勝之進たちのほうが彼女を訪ねることになったらしい。

久馬たちと千世が再会した晩から三日後。香澄は裏稼業の下調べに行くという久馬と一緒に歩きながら、彼に声をかけた。

「神隠しに遭った女の子が帰ってきたなんて、いい記事になりそうだったのに、今回は使えませんね」

「あたりまえだろ。変に騒がせて千世に迷惑がかかったら困る」

当然とばかりに言う久馬は、すっかり元の彼だ。香澄は彼の横顔を盗み見て、むぅと唇をとがらせた。

「久馬さん、本当に千世さんのことが大事なんですね。やっぱり好きだったんじゃないんですか？」

「妹としてな」

「あやしい」

久馬は先日、千世の頭を撫でていた。異性の頭を撫でるなどという行為は、相手を子どもや弟妹のように思っていなければしないことだろうが……。思えば彼は、やたらと香澄の頭も撫でている。つまり香澄も妹枠なのだろう。

むむと眉を寄せて考え込んでいると、くわえ煙草で彼が唇を歪めるようにして笑った。

「なんだ？　妬《や》いてるのか？」

「違います！」

即座に力一杯否定すると、彼は愉快そうに目を細める。どうせ香澄が怒るのをおもしろがって、からかっているのだ。

本当にもう、すっかり元の久馬だ。嬉しいけれど複雑なのは何故だろうか。

「久馬さんが元気になったようで、よかったですよ」

「どうしてだ？」

不思議そうに問いかけられて、香澄は首をかしげた。

「だって、なんか、こう、調子が狂うっていうか」

「ふぅん？」

意味ありげな眼差しを向けられた香澄は、焦って言い訳を考える。しっかり否定しておかなければ、また意地悪なことを言われるに違いない。

「べつに久馬さんが心配だったとか、そういうことじゃなくて！　久馬さんは口が悪くて嫌味で意地悪じゃないと久馬さんじゃないみたいっていうか！　久馬さんのことよりも、むしろ千世さんのことが気になったっていうか……！」

「そうなのか。残念だな」

懸命に言葉を継いだ香澄だったが、ぽかりと煙を吐いた久馬の言葉に目をまたたく。

「なんで？」

「おまえがとうとう、俺を見返すことをあきらめたのかと」

「どうしてそうなるんですか？」

「そういう反抗心を捨てて、俺のために手を貸してくれたんじゃないのか？」

彼の言うとおり、艶煙に依頼し百物語に協力したのは久馬を見返すためではなかった。純粋に彼を助けたいと思ったのだ。ただそれを認めるのは照れくさい。

「……そ、そうですけど。でも久馬さんを見返すことを、あきらめたわけじゃありませんよ！」

一生懸命訴えた香澄の頭を、久馬は何も言わずぽんぽんと叩いた。

香澄はその髪に触れる。まるで子ども扱いだ。そして、子ども扱いのまま終わるのだろう。

久馬たちと共にいられる時間は、長くは残されていないのだから。

彼らと出会ってからの三ヶ月は、とても短かったような、それでいて長かったような、不思議な時間だった。

うつむいて黙り込んだ香澄を気にしてか、久馬が軽く身をかがめて顔をのぞき込んできた。彼が心配そうな表情を浮かべてくれていることが、少し嬉しい。

「どうした？」

「もうすぐ、約束の三ヶ月だなって……」

久馬を見返すために与えられた三ヶ月の猶予。期日はもうそこまで来ているのだ。思いだしたかのように久馬もうなずく。

「もうすぐ終わりだな」

「ですよね」

彼の言葉に、香澄はしょんぼりと肩を落とした。

約束は約束だ。これまで手伝わせてもらえていたのは、久馬が譲歩してくれた結果なのだ。これ以上わがままを言うことはできない。子ども扱いをやめて欲しいと願うなら、まずは大人の対応を身につけるべきだ。

期限を延ばして欲しいと言いたい気持ちを、きゅっと唇をかんで耐える香澄の隣で、明後日《あさって》の方向を向いた久馬が細く煙を吐いた。

そして言う。

「艶煙の奴がな、おまえがいると、いろいろやりやすいと言っていた」

「え？」

香澄はぱちぱちと目をまたたく。

「まあ、俺としても仕掛けの幅が広がるから、助かると言えば助かるんだが」

「それって……」

「おまえは度胸だけはあるしな」

なんだかとても、香澄にとって都合のよいことを言ってくれている気がする。

香澄は面倒くさそうな口調で伝えられた言葉の意味を考え、ぽつりとつぶやく。

「………私」

彼らの役に立てていると、うぬぼれてもいいのだろうか？

これからも、今までのように彼らの手伝いをさせてもらえると思っても？

香澄は久馬の袖をつかみ、ふり返った彼の目を見つめて力一杯宣言する。

「私、手伝います！　これからも手伝わせてください！」

「それなら……」

神妙な表情で間を置いた久馬が、煙草をはさんだ指で香澄を差した。

「これだけは言っておく。俺の昼寝の邪魔はするな」

香澄は目を見張り、思わずふきだした。それを見た久馬が喉を鳴らして笑う。

「ほら、いくぞ」

「……はい！」

呼ばれた香澄は深くうなずいて、先を行く彼の背中を笑顔で追いかけた。


〈了〉

あとがき

はじめまして、さとみ桜《さくら》です。

このたび第23回電撃小説大賞にて銀賞をいただきました。

電撃大賞といえばいつもえげつない投稿数で、「ここは、ないな」と長年考えていたわけです。しかし短編連作スタイルが好きで、ちょうど書き終わった小説もやはりそうで、「ちょっと送ってみるか、無料《タダ》だし」と、Ｗｅｂから応募しました。

プリントアウトしなくてもいいし、クリップで留める必要もなければ紐で綴《と》じなくてもいい、送料もかからないなんて便利な世の中になったものです。しかも選考過程をメールでお知らせくださるとか、至れり尽くせり！

なにぶん電撃大賞へは初めての投稿でしたので、選考通過者発表のタイミングを知らず、いつもお知らせメールに教えていただく始末。しかし四次選考通過の電話についてだけは「お盆明けくらいにあるらしいぞ」と噂を耳にしていたので、盆明けからスマホの画面をじっと見つめる怪しい人になっていました。今後投稿される方は怪しい人だと周囲から誤解されないように、気長に待ってみるとよいかと思います。

まあ、四次選考通過の連絡を待つよりも、それから最終選考の結果の連絡を待つまでの約一ヶ月間で吐きそうになりますので、あまり早くから思い詰めないほうがよいでしょう。

以上、為《ため》にならないアドバイスでした。


私の投稿事情はさておき。

長年小説を書いてきましたが、女の子を主人公にして長編を書いたのは今作が初めてでした。改稿時、「女子がきゅんきゅんするシチュエーションをもっと入れましょう」と言われ、一生懸命考えたのですが、筋肉モリモリのヒゲ親父《おやじ》がウエディングドレスを着て「ウフフ、アハハ」と駆け回っているような私の頭の中に、そんなものは欠片も存在していませんでした。いやはや、担当さま方のたくさんの妄想――いやいや、アドバイスに大変救われました。

もう少し女子力を身につけようと思います。主に精神的な部分で。


では最後に謝辞を。

私の投稿作を銀賞に選んでくださった選考委員の皆さま、ありがとうございます。頂戴した言葉を大事に、精進していきたいと思っております。

本になるまで根気よく改稿に付き合ってくださった担当さま方、また妄想トークを楽しみにしております。

イラストレーターの銀行《ぎんこう》さま、お転婆な香澄を可愛く描いてくださってありがとうございます。お着物の華やかな模様は、いくら見ても飽きません。

受賞をお祝いしてくれた友人たち、各十冊は買ってくれるって信じてるよ。

そして何より読者さま方へ、最大級の感謝をこめて。

またお目にかかれるのを楽しみにしています。

さとみ桜　著作リスト

明治あやかし新聞　怠惰な記者の裏稼業（メディアワークス文庫）

本書は第23回電撃小説大賞で《銀賞》を受賞した
『明治怪異新聞』に加筆・修正したものです。

◇◇メディアワークス文庫

明治《めいじ》あやかし新聞《しんぶん》

怠惰《たいだ》な記者《きしや》の裏稼業《うらかぎよう》

さとみ桜《さくら》

発行　2017年3月25日　初版発行

発行者　塚田正晃
発行所　株式会社KADOKAWA
〒102－8177　東京都千代田区富士見2－13－3
プロデュース　アスキー・メディアワークス
〒102－8584　東京都千代田区富士見1－8－19
電話03－5216－8399（編集）
電話03－3238－1854（営業）
装丁者　渡辺宏一（有限会社ニイナナニイゴオ）
印刷・製本　旭印刷株式会社

Printed in Japan
ISBN978-4-04-892676-8 C0193

メディアワークス文庫　http://mwbunko.com/
株式会社KADOKAWA　http://www.kadokawa.co.jp/

本書に対するご意見、ご感想をお寄せください。

あて先
〒102-8584　東京都千代田区富士見1-8-19　アスキー・メディアワークス
メディアワークス文庫編集部
「さとみ桜先生」係